AF288753

Christa Iversen

Bauer Witthus im Jahr des Schweins

Geschichten vom Kliff

„Was ist ein Dorf auf dieser Erde? Es kann eine Spore auf der Schale einer faulenden Kartoffel oder ein Pünktchen Rot an der besonnten Seite eines reifendes Apfels sein."

Erwin Strittmatter, Ole Bienkopp

Prolog

Neues Jahr, neues Glück. Ich sage es ganz ehrlich: ich bin erleichtert. Seit ich nicht mehr die Verantwortung für meinen Hof habe, geht es mir besser. Jetzt beackern andere die Felder, pflügen, säen, pflanzen und ernten. Als senior adviser – wie meine Tochter Betty sagen würde – gebe ich ab und zu Ratschläge, fahre beim Steinesammeln den Trecker oder erzähle ihr, wie es war, als ein Landwirt noch nicht betriebswirtschaftlich versiert, tierhaltungsmäßig optimiert, technisch organisiert sein musste. Heute muss er alles auf dem neuesten Stand halten, mit GPS-Navigation ausgestattet und mit der Landwirtschaftslobby eng verbunden sein – ein Macher eben.

Nun sind die Jungen am Zug. Sollen sie sich doch mit Düngeverordnung, Tierwohl, mit Wetterkapriolen und schlechtem Image der Bauern herumschlagen.

Meine anfängliche Skepsis wurde von ihrem Mut und ihren – manchmal gewöhnungsbedürftigen - Ideen besiegt. Ich sage nur: „Parzelle Pelle" und „Rote Dora!" Und ich weiß jetzt, was ein Co-working-Space ist. Es wird schon alles gutgehen.

Mein Name ist Pelle Witthus. Ich war über vierzig Jahre lang Bauer und Träumer, also Ingenieur und Künstler in einer Person. Meine Nachbarin Tanne ist der Überzeugung, dass es von Männern nur zwei Sorten gibt und hat eine steile These aufgestellt: entweder Künstler oder

Ingenieur. Das hat sie bei einem gewissen Herrn Laabs gelesen. Ich bin demzufolge tagsüber Ingenieur und stelle die Regelhydraulik bei meinem alten Trecker ein oder richte eine krumme Zapfwelle. Seit neuestem bin ich Künstler und schreibe abends ins Tagebuch.

Es ist nämlich ein Vorurteil, dass ein Bauer nicht schreiben kann. Natürlich gibt es junge Landwirte, die kritzeln als Blogger das Internet voll. Einem Tagebuch vertraut man jedoch mehr an. Und wenn ich eine Blockade habe, denke ich an Wilhelm Busch: „Gedanken sind nicht stets parat, man schreibt auch, wenn man keine hat." Ungefiltert, das ist am ehrlichsten.

Nun habe ich ein Notebook. Das schreibe ich lieber voll als eine Rede zu halten.

Schon mein Vater hat geschrieben. Er hielt in einem Taschenkalender vom Landhandel jedes Jahr seine landwirtschaftlichen Notizen fest. „Wegen einer Woche Regen erst heute Norderfeld geeggt", „Weizen auf Boelwisch gesät". Später, als ich den Hof übernommen hatte, war mir dieser Kalender eine Hilfe und hat wichtige Informationen beim Kartoffelanbau geliefert. Mein Vater hatte akribisch aufgezeichnet, wie viele Kartoffeln auf welchem Acker gepflanzt wurden, welche Sorte, früh, mittel, spät. Und welche Namen es früher für die Knollen gab, die „drei As", wie er sie zu nennen pflegte: „Ackersegen", „Andengold" und „Angeliter Tannenzapfen."

Was ich damit sagen will: Auch Bauern können schreiben. Vielleicht nicht immer mit von Akademikern gefordertem Tiefgang, aber mit Kenntnis der Natur und der Witterung. Wir Bauern können eben eher schreiben, was uns auf der Seele liegt. Reden macht die Zunge pelzig.

Meine Geschichte fängt allerdings mit dem Kalender an, den meine Nachbarin Tanne mir vor zwei Jahren, 2017, zu Weihnachten schenkte. DIN A 5 und nur für den Schreibtisch geeignet. In dieses Buch schrieb ich, was mich bewegte: „Ferkel an Thies geliefert. Mit ihm über die Schweinepreise gestritten. Ellis ging dazwischen."

Als Tanne merkte, dass ich den Kalender ebenso voll-schrieb wie vormals den kleineren Taschenkalender, schenkte sie mir zum Weihnachtsfest 2018 statt eines in Leder gebundenen Tagebuchs ein Notebook und wies mich ein.

Das letzte Mal, dass ich eine Schrift verfasst habe, ist über vierzig Jahre her. Es war meine Examensarbeit zur Meisterprüfung an der Höheren Landbauschule. Thema: „Stellenwert des Schweins in der Nahrungsmittelversor-gung."

Nächtelang hatte ich an dieser Arbeit gesessen, hatte Statistiken ausgewertet, interpretiert und Ideen für eine neue Schweinehaltung gesucht. Ich hatte Visionen. Uto-pische Gebäude.

Als der Dozent für Tierhaltung meine Arbeit auf mei-nen Tisch legte und sagte: „Witthus, ne glatte Zwei", da atmete ich laut durch, denn bei Kuhnert konnte man nie wissen, ob er einen nicht doch in die Pfanne haute, weil man ihn irgendwann kritisiert oder etwas über die be-ginnende Massentierhaltung gesagt hatte. Ich hatte be-standen. Später auf der Abschlussfeier, als er schon ziem-lich betrunken war, hat er mir mit feuchter Aussprache gestanden, dass er nur ein Kapitel meiner Arbeit gelesen hatte. „Und für gut befunden, Witthus", lallte er. „Für GUT befunden." Mir war es damals egal, Hauptsache „bestan-

den". *Obwohl mein innerer Misthaufen schon gegärt hat, weil meine Ideen kein Schwein interessiert haben.*

Das ist lange her. Im letzten Jahr malträtierte ich mein Notebook besonders viel. Es war das Jahr, in dem ich eingesehen habe, dass ich meinen Betrieb endgültig aufgeben muss. Der Vertreter des Bauernverbandes hatte es im Fernsehen auf den Punkt gebracht: „Der Strukturwandel fordert Opfer. Der Abschied vom jahrhundertealten Modell des bäuerlichen Familienbetriebes droht. Es können nicht alle Bauern gehalten werden."

Und so kam es dann auch.

Nachdem mein Betrieb mir so schwer wie ein Mühlenstein am Hals hing und ihn langsam zuschnürte, suchte ich das Gespräch mit einem landwirtschaftlichen Berater. Eigentlich wollte ich mit ihm Alternativen im Getreide- und Kartoffelanbau oder zur Schweinehaltung ausloten. Doch da gab es nichts mehr zu loten. An dem Gesicht des Beraters konnte ich ablesen: „Du schasst man verkopen."

Er hatte Rückenwind vom Bauernverband, der die jungen Landwirte aufforderte, schneller und aggressiver zu werden.

Mir fehlte das nötige Gen dazu.

Ein Glück, dass mein Vater das nicht mehr erleben musste. Er hatte mir einen gesunden Hof übergeben. Und jetzt das.

Vom Schlucken ständiger Negativnachrichten hatte ich böse Halsschmerzen, die mich in meine Träume verfolgten. Da merkte ich, wie heilsam es sein kann, sich alles vom Hals zu schreiben.

Wenn mir am Schreibtisch die Decke auf den Kopf fiel, stieg ich in der Scheune die Leiter zum Boden hoch, legte mich in das Stroh vom letzten Sommer und atmete dessen mehligen Duft ein. Ich bildete mir ein, dass von dem Schweinestall, der einst unter mir mit Leben gefüllt war, ein schwacher Ammoniakgeruch zu mir hoch stieg. Wenn ich genug Gerüche getankt hatte, setzte ich mich wieder an den Schreibtisch und schrieb alles auf, was gerade bei mir auf dem sogenannten Altenteil passierte. Und wie etwas Neues seinen Anfang nahm.

Das Jahr des Schweins

Januar
Der Drei-Schweine-Bauer

Am Neujahrsvormittag des Jahres 2019 öffnete Pelle Witthus die Stalltür, ging den Mistgang entlang, blieb bei der letzten Bucht stehen und lehnte sich über das Gatter, hinter dem seine drei Lieblingssauen im Stroh lagen. Diese wunderten sich, was der Bauer hier am späten Vormittag zu suchen hatte, wo doch seine Nachbarin Tanne heute früh mit der Fütterung an der Reihe gewesen war. Er hatte mit ihr eine Vereinbarung getroffen, die ihm erlaubte, an zuvor abgemachten Feiertagen auszuschlafen. Dann übernahm sie das Füttern und Misten der Schweine.

Die Tiere hoben kurz den Kopf, um zu zeigen, dass sie seine Anwesenheit registriert hatten, dann legten sie sich wieder zum Dösen auf die Seite.

Pelle atmete tief ein und sog dabei den leichten Ammoniakgeruch in die Lunge. Es war kein Geruch, wie man ihn von großen Mastbetrieben kannte. Dort liefen die Schweine auf Spaltenböden. Die abferkelnden Sauen wurden fixiert und konnten sich keinen Zentimeter rühren. Wie die Tiere bei seinem ungeliebten Nachbarn Thies Thadsen. Nein, in seinem, Pelles, Stall lag ein süßlich-strenger Duft in der Luft und sagte ihm, dass er noch Bauer war, ein kleiner Bauer, der nicht fixierte, dessen Sauen auf Stroh liefen und die er quasi täglich mit Handschlag auf den Rücken begrüßte.

Wenn sein Stall einmal endgültig leer war, dann würde es diese tröstliche Duftnote nicht mehr geben. Pelle betrachtete seine Lieblinge. Es waren drei Angler Sattelschweine, eine alte Rasse mit schwarzen Borsten und einem weißen Sattel, der sich von den Schultern über einen Teil des Rückens zog. Jahrelang hatte er versucht, diese ungewöhnlichen Tiere vor dem Aussterben zu bewahren, es wurden jedoch immer weniger gezüchtet, weil ihre dicken Schwarten auf dem Markt nicht mehr gefragt waren. Dabei schmeckte das mit Fett durchzogene Fleisch viel besser. Die Fleischesser wollten magere Koteletts und interessierten sich nicht die Bohne für die ungewöhnlichen Eigenschaften, die Sattelschweine hatten: Sie waren fürsorgliche Muttertiere, ließen sich nicht schnell stressen, waren bei jeder Witterung draußen und nicht so krankheitsanfällig. Auch beim Futter waren sie nicht so anspruchsvoll wie die übrigen Sauen, die „Edelschweine" genannt wurden. Pelle hatte die Edelschweine viele Jahre gehalten. Diese wollten nur ganz hochwertiges Schrot und sie hießen nicht umsonst so, weil sie sich als etwas Besseres fühlten. Meinte er zumindest und betrachtete seine letzten drei Sauen mit Wohlwollen.

Pelle grinste vor sich hin bei dem Gedanken, dass er mit den Sattelschweinen einiges gemeinsam hatte. Er ließ sich auch nicht so schnell stressen, was manchem Gesprächspartner die Wut in den Bauch trieb oder zumindest ein Kopfschütteln entlockte. „Stur as een Bock." Wie seine Lieblinge war Pelle bei Wind und Wetter gerne draußen und passte sich dem Wetter an. Wie sie war auch er anspruchslos beim Futter.

Da Pelle alleinstehend war, machte er sich manchmal eine Dosensuppe warm, aß zu Mittag drei Stullen oder freute sich, wenn seine Nachbarin Tanne ihm Reste zum Aufwärmen brachte. Besonders, wenn es Kohlrouladen gab.

Wie seine Schweine war er im Laufe seines Lebens auch nicht oft krank gewesen. Das eine Mal, als er die linke Hand in das Zahnrad des Mähdreschers bekommen hatte. Zwei Finger waren gebrochen und drei gequetscht. Das wurde von einer jungen, abgebrühten Ärztin wieder zusammengeflickt. Er hatte Glück gehabt. Heute, nach Jahren, wurden die Finger der reparierten Hand zwar bei Kälte weiß wie Vorzugsmehl, aber das zählte so gut wie nicht.

Was hatte Pelle mit seinen Sauen noch gemein? Gute Muttereigenschaften, wie sie ihnen nachgesagt wurden, konnte er ja nicht haben. Doch vom Aussterben war er ebenfalls bedroht. Denn alles war in Auflösung begriffen: sein Hof, der Stall, die Scheune, die Maschinen, die Felder. Er selbst.

Pelle hatte im letzten Jahr beschlossen, einen Teil seiner Ackerflächen brachliegen zu lassen. Die Erde hatte nach jahrelangen Stresszeiten Urlaub verdient. Sie konnte jetzt selbst entscheiden, was auf ihr wuchs und was nicht. Es sollte kein Unkraut geben, nur Beikräuter. Er brauchte im kommenden Jahr ein paar Felder für den Weizen, für den Hafer und eine größere Fläche als Kartoffelacker, der sich bis kurz vor Randby, dem Dorf oben, hochzog. Ein letztes Mal sollte das Kartoffelfeld gepflügt, entsteint, mit Wällen bestückt, bepflanzt und gestriegelt werden. Und es sollte die Knollen freigeben, wenn die Krautfäule den gesamten Acker bedeckt hatte und zur Ernte geblasen wurde. Nach dieser Ernte war Schluss mit Hof und Bauersleben. Einige Flächen würde er verpachten. Aber nicht an Thies Thadsen, das stand fest.

Im Laufe des vergangenen Jahres hatte er den gesamten Sauenstall leer gemacht, die Edelschweine verkauft und drei Buchten zu einer großen umgebaut, in der seine verbliebenen drei Schönheiten Stroh zusammengescharrt und als gemütliche Nester unter den Lampen aufgehäuft hatten, wenn sie Ferkel bekamen. Die letzten Ferkel waren inzwischen zu stattlichen Läufern herangewachsen, die im verkleinerten Maststall herumtobten. Danach war Schluss mit der Ferkelerzeugung.

Pelle prüfte, ob die Mauern den Ostwind abhielten und fand, dass die Temperatur in den Buchten erträglich war. Auch die Tränken waren in Ordnung, darauf hatte seine Nachbarin Tanne sicher an diesem Morgen auch geachtet.

Während er sich wieder an das Gatter lehnte, fiel ihm ein, was er beim Frühstück im „Bauernkurier" gelesen hatte: Im kommenden Monat, im Februar, begann in China das „Jahr des Schweins". Es wurde beschrieben, dass Schweine gutmütig, treu, bodenständig und hilfsbereit seien und man sich jederzeit auf sie verlassen könne.

Er lächelte vor sich hin. Für seine letzten drei Sauen sollte es ihr Jahr werden. Jule, Wiebke und Gesine würden von ihm eine Vorzugsbehandlung bekommen. Es waren die Namen seiner ersten drei großen Lieben. Von denen er zumindest gedacht hatte, sie seien die große Liebe. Aber immerhin waren sie jedes Mal im Guten auseinandergegangen, deshalb hatte Pelle ihnen im Stall ein Denkmal gesetzt. Bevor er dort endgültig das Licht ausmachte. Caro hieß keine.

Pelle setzte sich auf einen Strohballen im Futtergang und überlegte, ob ein Bauer, der über vierzig Jahre lang einen Hof bewirtschaftet hat, in der nächsten Silvesternacht einfach so die Forke fallen lassen konnte? So richtig vorstellen konnte er sich das nicht, obwohl er zu allen, die es wissen wollten, gesagt hatte: „Ende 2019 gehe ich in Rente." Es hieß zwar: „Einmal Bauer, immer Bauer" – aber war es wirklich so?

Pelle war nicht gerade das, was Wirtschaftsspezialisten unter einem „erfolgreichen Unternehmer" verstanden. Er machte seine Arbeit einfach nur so lange, bis gerechnet werden musste. Um das Rechnen und die sogenannte „Dokumentation" machte er in den letzten Jahren einen immer größeren Bogen. Nach der Hofaufgabe würde ihm die Landwirtschaftskammer vermutlich bescheinigen, dass sein Hof einer von denen war, die nicht in der Lage waren, zu überleben. Heute war nämlich ein ganz anderer Typus von Landwirt gefragt. So einer wie Thies Thadsen eben, der expandierende Landwirt von Randby.

Das war alles nicht Pelles Welt. Er hätte gerne weiter in Ruhe seine Schweine großgezogen, Kartoffeln angebaut und ein paar Hektar Getreide geerntet, ohne das ewige Rechnen. Doch die Schweine entwickelten sich zu ringelschwänzigen Nimmersatten, die ihm die Haare vom Kopf und das Geld vom Konto fraßen. Er wurde sprichwörtlich immer lichter – auf dem Kopf und finanziell. Die Schweinepreise waren auf 1,80 Euro pro Kilogramm abgestürzt.

Pelle hatte für Thies Thadsen jahrelang die Ferkel erzeugt. Dieser hatte sie dann gemästet und für gutes Geld verkauft. Von einem Tag auf den anderen hatte Thies im letzten Jahr angekündigt, ihm seine Ferkel nicht mehr abzukaufen, sondern sie zukünftig aus Dänemark zu beziehen.

„Ich brauche deine Ferkel nicht mehr. Ich hole sie mir jetzt aus Dänemark. Sie werden in großen Partien angeliefert und sind billiger als deine. Schluss mit Klein-klein", sagte Thies.

Als Pelle einwandte, dass der Ferkelstau in seinen Buchten langsam bedrohlich werde, fuhr Thies ungerührt fort: „Ich bin Betriebswirt und nicht die Heilsarmee."

Thies machte ihm unmissverständlich klar, dass die Geschäftsbeziehung ab jetzt beendet war. Pelle musste sich von heute auf morgen einen neuen Abnehmer suchen.

Er konnte den Gedanken schwer ertragen, dass bei Thies ab jetzt dänische Tiertransporter vorfuhren, die die Ferkel mit Getöse von der Ladefläche trieben. Er hörte förmlich das panische Gequieke. Bei Thies musste immer alles schnell gehen, da durfte kein Tier stehen bleiben und schnüffeln. Zeit war Geld. Pelle hatte beobachtet, wie auf dem Thadsenhof Schlachtschweine verladen wurden. Der Fahrer war mit einem Elektroschocker zugange, damit die Tiere nach dem Stromschlag in Panik auf die Ladefläche rannten. Das konnte Pelle fast nicht ertragen. So etwas hatte es bei ihm nie gegeben. Auch wenn das Aufladen der Schweine länger dauerte, hatte er sie mit stoischer Ruhe auf den Transporter gestupst.

Die Absage von Thies brachte die Lawine ins Rollen. Pelle dachte erstmals darüber nach, seinen Hof aufzugeben. Dass Thies keine Handelsbeziehungen mehr zu ihm wollte, war ein Schritt in Richtung Ausstieg aus der Landwirtschaft.

Als er mit seiner Nachbarin Tanne darüber sprach, versuchte sie, bei ihm betriebswirtschaftlich aufzuarbeiten, was liegengeblieben war. Als Bilanz gezogen war, schenkte sie ihm reinen Wein ein und Pelle sah, dass alles nicht mehr hinhaute.

Die Maschinen waren so verrottet, dass seine Bastelkünste nicht mehr ausreichten. Der Trecker guckte ihn an, ein einziger Vorwurf, wenn er in die Scheune kam. Im Geiste hatte Pelle diejenigen Geräte schon aussortiert, die er in diesem letzten Jahr nicht mehr brauchte. Die konnten sich dem Verfall voll hingeben. An die Maschinen, die er noch für die Feldarbeit und Ernte benötigte, musste er wohl noch einmal ran. Die Landmaschinenwerkstatt verschlang Unsummen. Pelle hätte richtig Geld in die Hand nehmen müssen, um in Stallerneuerung und Güllebehälter zu investieren.

Eines Nachts hatte sich die Spitze des Bauernverbandes sogar in seinen Traum geschlichen. Pelle stand vor dem Ausstiegs-Tribunal, das aus dem Präsidenten Katzmann und seinem Generalsekretär Hagedorn bestand. Sie hielten beide ihren Daumen nach unten: „Ausgewirtschaftet, Witthus! Dein Hof zählt nicht mehr." Als Pelle aufwachte, war ihm klar, dass es kein Licht am Tunnelende gab. Die Hofaufgabe stand vor der Tür, war unausweichlich.

Einen Hof mit Ackerbau und Tierhaltung aufzugeben war nicht einfach. Von heute auf morgen ging das nicht. Der Tanker musste behutsam abgebremst werden. Deshalb wurden bereits im letzten Jahr langsam aber sicher die Schweinebuchten und der Maststall geleert. Die letzten Ferkel und Sauen wurden im Oktober verkauft und Pelle hatte nur die drei behalten, die – wie er fand - einen ganz besonderen Charakter aufwiesen. Schweine sind Herdentiere und eine einzelne Sau zu behalten, wäre ihm irgendwie nicht richtig vorgekommen.

Er liebte die drei Schweine. Wenn er sie betrachtete, überkam ihn eine Ruhe, die er sonst im Alltag nicht fand. Nur wenige wussten, dass sie lächeln konnten. Besonders Gesine konnte so kryptisch lächeln wie Mona Lisa. Und Wiebke drückte Zufriedenheit mit besonderen Grunzlauten aus. Nur Jule tat sich mit geäußerten Emotionen schwer. Dafür konnte sie ihre kleinen Äuglein zusammenkneifen, wenn sie etwas missbilligte. Pelle war überzeugt, dass seine drei Tiere ihm in schweren Zeiten psychosoziale Unterstützung boten und das Sterberisiko eines Singles, wie er einer war, verringerten.

Außerdem waren Schweine die intelligentesten Tiere in der Landwirtschaft. Sie konnten sich mehr Dinge merken als Hunde. Dem Sonnenbrand beugten sie durch Schlammbäder vor und schwimmen konnten sie auch. Auf den Bahamas schwammen sie sogar aufs Meer hinaus und bettelten Touristen um Futter an.

Letztens hatte Pelle gelesen, dass man Schweine bis zur Jahrtausendwende in Bhutan, dem Land des Glücklichseins, sogar mit Marihuana gemästet hatte. Es wurde berichtet, dass viele Menschen in diesem Land erst mit Einführung des Fernsehens erfahren hatten, dass man das Mastfutter auch rauchen konnte. Soviel Glück auf einmal.

Von wegen 'dumme Sau', dachte Pelle und stieß sich vom Gatter ab. Er ging langsam an den leeren Buchten vorbei, in denen in den letzten fünfunddreißig Jahren eine Sau nach der anderen ihre Ferkel bekommen hatte. Als sähe er zum ersten Mal die vielen Mängel, blieb er vor einer

Wand stehen, deren Kalk fast gänzlich zu Boden gerieselt war. Spinnweben schlängelten sich wie moderne Kunst an der Decke entlang und wickelten die Infrarotlampen in den Buchten ein. Die Neonröhren über dem Mistgang stemmten sich mit grellen Strahlen gegen die Tristesse. Lohnte sich heute überhaupt noch eine Grundreinigung? Da sollten die jungen Leute mal mit klarkommen, die vielleicht seinen Hof pachten oder kaufen würden. Tanne hatte ja bereits alles eingefädelt und das Fernseh-Team bestellt.

„Mein Traumhof" hieß die Sendung und Anfang Februar sollten die Dreharbeiten losgehen. Interessenten gab es wohl schon.

Pelle überquerte den Mistgang und ging über den Hofplatz zu seinem Haus, um sich für den „Neujahrsempfang" bei der Nachbarin umzuziehen. Wechsel vom karierten Hemd zu einem gestreiften und von der uralten Cordhose zu neueren Jeans. Dann ging er hinüber zum Haus Nr. 3, wo Tanne zum traditionellen „Neujahrsempfang auf dem Kliff" einlud. Dieses Treffen unter Nachbarn gab es seit nunmehr zehn Jahren. Es läutete das neue Jahr ein, das alte wurde gebührend verabschiedet.

Bevor er sich auf den Weg hinunter zu Tannes Haus machte, verharrte er noch eine Weile auf der Wiese neben seiner Kate, atmete tief die winterliche Luft ein und betrachtete das heimatliche Kliff mit einem Anflug von Glück.

Randby-Kliff

Die verstreuten Häuser von Randby-Kliff stehen auf einem Plateau, das die letzte Eiszeit geformt hat. Richtung Förde fällt eine Wand steil ab. Oben am Klippenrand stehen noch vereinzelte Buchen, Pappeln und eine Eiche. Schaut man vom Witthus-Hof auf das Kliff, dann wird es links von einem sanft abfallenden Hang gerahmt. Ein Weg führt unten am Strand am alten Fischerhaus der Johannsens vorbei und endet im Hafen des kleines Dorfes Wackerup.

Zur Rechten führt der Weg nach Helmswik, von dessen Häuser nur die Dächer zu sehen sind, da sie von einem kleinen Wald und Büschen der übergriffigen Kartoffelrose verdeckt sind, an deren Pflanzung sich kein Bewohner erinnern kann. Helmswik liegt fünf Kilometer Luftlinie entfernt und besitzt eine kleine Schiffsanlegestelle, wo im Sommer die Fahrradfähre nach Dänemark abfährt.

Zwischen Wackerup und Helmswik erhebt sich das Kliff wie eine Theaterbühne. Von den Protagonisten, den Bewohnern des Plateaus, wird nur von den „Kliffern" gesprochen. Sie sind keine glatt geschliffenen Steine, sie haben Risse, Scharten und Dellen, aber auch glänzende Sprenkel neben den Beulen. Eben alles, was ein Leben so mit sich bringt. Die Kliffer halten zusammen. Sie kennen sich in- und auswendig. Krankheiten aller Art, Verschleißerscheinungen und Vorlieben für Witze oder Trauergedichte, man nimmt sich gegenseitig so wie man ist und muss keine teuren Seminare besuchen, um zu wissen, wer welche Stärken und Schwächen hat.

Pelle hat Tanne ins Krankenhaus gefahren, als eine Operation anstand. Tanne hat ihm wiederum in der größten Krise seines Lebens zur Seite gestanden. Knut war dankbar über die Verpflegung, die er bei einem Bandscheibenvorfall bekommen hat und über lustige Doppelkopfabende in der Adventszeit, wenn die Stimmung sich einzutrüben drohte.

Gemeinsames Sortieren der Pflanzkartoffeln und die kurzen Wortwechsel auf dem Weg hinunter zum Strand oder hinauf nach Randby hat sie zusammengeschweißt, und keiner muss dem anderen beweisen, dass er der Barracuda im Goldfischteich ist.

Der Fischer Knut brachte es einmal auf den Punkt: „Der Käse unseres Zusammenlebens ist langsam gereift und die Qualität wird für gut befunden."

Das liegt vielleicht an der Luft, die hier noch etwas salziger ist als oben in Randby, wo das Dorf – bei entsprechender Windrichtung – einfach nur nach Schweinegülle aus den Ställen von Thies Thadsen stinkt. Oder es liegt an der traumhaften Aussicht auf die Förde, die sich wie tröstender Mehltau auf die Seelen der Kliffer legt und sie empfänglich macht für die Nöte von anderen. Das Wort „Freundschaft" wird hier jedenfalls mit Leben gefüllt.

Kliff Nr. 1 - 7

Die vier kleinen Häuser am Kliffrand, mit Traumblick auf das Wasser, waren Ende des letzten Jahrhunderts von ursprünglichen Ferienhäusern in Einfamilienhäuser umgewandelt worden. Als 2007 die Nr. 1 einem Herbststurm zum Opfer gefallen und in die Tiefe gestürzt und danach auch die wankende Nr. 2 vom Kreisbauamt abgesperrt worden war, hatte der Besitzer, Dirk-Frode Jansen, seine restlichen beiden Einfamilienhäuschen kurzerhand verkauft.

Früher hießen die Häuser „Kliff 1 – 4". Heute erinnert nur eine klaffende Wunde im Steilhang an die tagelangen Regenfälle, die das Haus Nr. 1 mit Grundstück unterspült und ins Rutschen gebracht hatten. Es war eine tragische Geschichte.

Um die Nr. 2 flattert ein rot-weißes Absperrband. Der Zugang zu dem Grundstück ist verboten. Für die beiden anderen Häuser 3 und 4 hatten Geologen nach ihren Messungen Entwarnung gegeben.

In Nr. 3 wohnt die ehemalige Lehrerin Tanne Hinrichsen, in Nr. 4 der Fischer im Ruhestand Knut Johannsen. Sie pflegen beide ein nachbarschaftliches Verhältnis zum Bauern Pelle Witthus, dessen Hof wie der Fels in der Brandung ein Stück höher steht. Die ehemalige Landarbeiterkate, die dem Hof gegenüber liegt, ist nicht bewohnt und verfällt zusehends. Bald haben Brennnesseln und Disteln die Oberhand gewonnen.

Noch ein Stück höher, zwischen dem Kliff und dem Hauptdorf Randby, liegt der große Hof von Thies Thadsen. Postanschrift ist Kliff Nr. 7. Doch Thies Thadsen fühlt sich den Kliffern nicht zugehörig und die Kliffer fühlen genauso. Sie preisen die Tage, an denen er nicht bei ihnen auftaucht.

Neujahrsempfang

Schon im Eingang roch es nach Grog und Pförtchen. Pelle trat in Tannes gute Stube und klopfte ein „Moin!" auf den Tisch. Der übliche Rest der „Kliffer" hatte sich bereits eingefunden: Tanne, Knut und Opa Thadsen, den seine Schwiegertochter Ellis gerade in einen Sessel hievte. Die anderen klopften zurück und hatten es sich bereits bequem gemacht.

Pelle blickte in die Runde und stellte fest, dass sich seine Nachbarn ebenfalls in Schale geworfen hatten. Bis auf Knut, der zwar seine Ölhose, die er als Fischer fast immer trug, gegen einen Blaumann eingetauscht hatte. Trotz der Stubenwärme saß seine hochgerollte blaue Wollmütze auf seinem langsam lichter werdenden Haar. Er hatte ein wenig seinen üppigen Bart gestutzt, aber er sah mit seinem vom Wetter gegerbten Gesicht aus wie ein Seebär, der auf große Fahrt ging.

Tanne hatte sich einen grauen Hosenanzug angezogen, der ihre Größe von über 1,80 Meter noch mehr betonte. Ellis sah sehr hübsch aus in ihrem blauen Kleid. Sie hatte sich ihren dicken grau-blonden Zopf hochgesteckt und man sah ihr die 55 Jahre nun wirklich nicht an. Neben dem alten Thadsen wirkte sie jedenfalls sehr jung. Opa Thadsen sah irgendwie rührend aus in seinem schwarzen Anzug, den er immer zu Festivitäten, Beerdigungen oder eben zum Neujahrsempfang trug. An den Ärmeln war das gute Stück schon etwas durchgescheuert, aber das störte hier keinen.

Draußen pfiff der Ostwind um das Haus und rupfte die letzten Blätter von den Hecken. Da rückten alle gerne etwas näher zusammen. Pelle setzte sich auf einen Hocker neben Knut und hörte der Unterhaltung zu. Die Platte mit den Pförtchen kreiste. Knut Johannsen, der Fischer aus Kliff Nr. 4, legte sich gleich fünf Stücke auf seinen Teller. Er hatte noch nicht gefrühstückt.

„Was soll das denn für ein Winter sein?" fragte Tanne gerade. „Schon seit gefühlten Ewigkeiten haben wir Regen, Regen und nochmals Regen. Irgendwie gibt es gar keinen Winter mehr. Ohne Übergang geht es vom Herbst in den Frühling. Es gibt kein richtiges Weiß mehr, sondern nur noch Grau. Ich vermisse die Eiseskälte. Die paar Flocken, die es selten gibt, rinnen in den Gully und fließen unterirdisch in die Förde. Man sieht sie gar nicht mehr. Es ist ein Wetter-Einheitsbrei."

Die anderen nickten zustimmend. Pelle musste unwillkürlich an seine Stallwände denken, von denen der Kalk in Flocken auf den Boden regnete und statt Raureif legten sich die Spinnweben über Decken, Fenster und Infrarotlampen.

„Lässt sich aber nicht ändern", schaltete sich Knut ein. „Wir müssen mit den Wetterkapriolen klarkommen."

Ellis pflichtete ihm bei: „Nützt ja nix." Und nach einer Pause: „Was sagst du, Pelle?"

Dieser ließ sich mit der Antwort Zeit: „Ihr solltet das Jahr nicht so pessimistisch beginnen. Was das Wetter angeht, kann ich nichts voraussagen. Aber was die Menschen angeht, sag ich euch, ab nächsten Monat wird alles besser. Da beginnt nach chinesischem Kalender das Jahr des Schweins."

Alle lachten.

„Das sagt der Schweinebauer, der noch drei Schweine sein Eigen nennt", sagte Tanne gutgelaunt.

„Ist doch ein gutes Omen, oder?", fragte Pelle in die Runde. „Schwein haben bedeutet nicht nur Sau, Ferkel und Mastschwein, sondern auch Glück haben. Vielleicht habe ich in diesem Jahr mehr Glück, als die Jahre davor. Und auch meine drei Sauen sollen es noch einmal richtig gut haben, bevor ich die Stalltür endgültig zumache. Das wird das Jahr des Schweins auf meinem Hof, sage ich euch."

Tanne, die pensionierte Lehrerin, musste die Prophezeiung natürlich kritisch kommentieren: „Heißt das, dass du deinen letzten drei Schweinen eine Wellnesskur verpasst, bevor sie zum Schlachter wandern? Oder fütterst du sie mit Kuchen und Pralinen? Bekommen sie die letzte Ölung von dir? Singst Du ihnen noch einen Choral, bevor sie den Stromschlag kriegen?" Tanne war in Fahrt.

Der Bauer ließ sich nicht beirren. Seine vierbeinigen Lieblinge sollten in diesem Jahr noch einmal ihr Leben genießen, bevor sie es aushauchten.

Insgeheim hoffte er, während des Frühjahrs vielleicht doch noch ein Nachfolgerpärchen für den Hof zu finden, damit die Scheune und der Stall nicht verfielen. Das Land zu verpachten, wäre nicht schwierig. Thies Thadsen, der Großbauer vom Oberdorf und der Mann von Ellis, scharrte bereits mit den Hufen, hatte eine Vergrößerung seines Betriebes im Hinterkopf. Er war vor allem auf Pelles Ackerflächen scharf. Doch der wollte auf keinen Fall an Thies verpachten oder verkaufen. Er konnte ihn nicht leiden. Es war eine jahrelange Antipathie. Pelle war jedes Jahr froh, dass Thies nicht zum Neujahrsempfang an das Kliff kam.

Er hätte ihm den Einstieg in das neue Jahr gründlich vermiest.

Dafür kam der Vater von Thies, Opa Thadsen, umso lieber. Und auch Ellis Thadsen setzte sich jedes Jahr über das Gemaule ihres Mannes hinweg und fuhr gerne zum Neujahrstreffen am Kliff.

„Ja, ich finde auch, das Schwein hat wirklich eine Würdigung verdient", nahm Knut den Faden wieder auf. „Wenn ich an das Tier des Jahres hierzulande denke, dann ist das wieder typisch. Es ist der Maulwurf. Und was habe ich gerade gelesen? Der Pilz des Jahres bei uns ist die Stinkmorchel. Da halte ich es doch lieber mit den Chinesen und hebe das Schwein aufs Podest."

„Das ist wohl dein Hobby. Immer weißt du die Champions eines Jahres. Welches Tier, welche Pflanze und so weiter", hänselte Tanne ihren Nachbarn.

Der ließ sich nicht beirren und sagte: „Nun frage ich dich als Fischer: Welches war der Fisch des Jahres?"

„Lass mich doch in Ruhe", maulte Tanne und schlug nach ihm.

„Atlantischer Lachs."

„Der kommt in unseren Breitengraden ja nicht grade oft vor, du Klugschnacker", lachte Tanne und schenkte heißes Wasser in die leeren Gläser. Die Gäste schenkten sich Rum nach und gaben Zucker dazu.

„Mit Schweinen im Rampenlicht kann ich mich durchaus anfreunden. Hauptsache, du lässt sie nicht von einem Dreimeter-Turm springen", sagte Tanne.

„Wie kommst du da drauf?", fragte Pelle.

„Ich habe kürzlich ein Video von einem chinesischen Bauern gesehen, der seine Schweine von einem Turm springen ließ. Angeblich verbessert das die Fleischqualität."

„Na ja, Marketing ist halt alles."

„Wenn die Schweine freiwillig gesprungen wären, aus Spaß am Höhenflug, hätte ich auch nichts gesagt. Aber der Bauer hat sie immer mit einem Besen in die Tiefe getrieben. Freiwillig sind die jedenfalls nicht gesprungen."

Pelle lachte. „Das Fliegen liegt nicht gerade in der Schweinenatur. Bei mir musste noch kein Schwein vom Turm springen und trotzdem stimmte die Fleischqualität." Dann hob er sein Glas und hielt wie jedes Jahr seine sparsame Neujahrsansprache: „Leute, ich rufe jetzt das Jahr des Schweins aus. Prost Ihr Lieben. Ich hoffe, dieses Jahr wird ein schweinisch gutes."

Die anderen hoben die Gläser: „Prost! Schauen wir mal."

Pelles Tagebuch, Neujahrsabend 2019

Es ist immer schön, die alte Tradition des Neujahrsempfangs auf dem Kliff zu erleben. Meine Tochter Betty ist dieses Jahr wieder nicht gekommen, obwohl sie eingeladen war. Wie lange soll das noch so weitergehen mit ihr und mir? Wenn sie kommt, schleichen wir umeinander herum. Es ist für sie offensichtlich eine Pflichtveranstaltung. Und dann fährt sie nach einem Tag wieder nach Hamburg.

Opa Thadsen war heute auffällig ruhig und in sich gekehrt. Ich weiß nicht, ob er noch alles mitbekommt. Seine Augen wirken trübe und blicken nach innen. Ich habe ge-

hört, dass Thies den Alten ins Pflegeheim geben will, weil er „dement" wird.

Ein paar Tage nach Weihnachten war Opa Thadsen zu einem „Eisbad" an den Strand aufgebrochen. Diesen Winter gab es weit und breit noch kein Eis, aber der Alte stieg in die Förde, tauchte kurz unter und sprang dann wie ein Sechzigjähriger auf den Sand. Ja, körperlich ist er noch fit. Dabei wird er neunzig.

Früher, als die Förde noch zufror, hatte der alte Thadsen sich manchmal mit der Axt ein Loch in das Eis gepickelt und war bei minus 4 Grad Luft und Wassertemperatur um den Gefrierpunkt hineingestiegen, untergetaucht und nach kurzem Verweilen prustend wieder aus dem Wasser gestiegen. Die Gefahr des Abdriftens war nicht gegeben, denn der lange Thade stand immer auf Grund.

Wenn er das Kaltbad beendet hatte, hüpfte er für sein hohes Alter ziemlich anmutig auf dem kalten Sand hin und her, um dann wieder in seine alte Büx zu steigen und den Wollpullover überzuziehen. Doch beim letzten Bad zwischen Weihnachten und Silvester hatte er die Wollsocken achtlos liegen gelassen und war barfuß in seine ausgelatschten Clogs gestiegen. Er hatte sich sein Handtuch um die Schultern gelegt, den Rest seiner Klamotten zusammengerafft und war Richtung Wackerup gegangen, statt den Weg zum Kliff hinaufzugehen. Knut hatte es mitbekommen und brachte den Verwirrten zurück zum Thadsen-Hof. Seitdem passen Thies und Ellis auf und halten den Alten mit sinnlosen Beschäftigungen vom Wasser fern. Nachdem es mit dem alten Thadsen immer schlimmer wird, er Tag und Nacht verwechselt und manchmal im Dunkeln stundenlang umherirrt, überlegt der Sohn nun, den Vater ins Pflegeheim zu bringen. Ellis hat sich bisher gegen die Heimunterbringung gestemmt. Sie will, dass der Alte auf dem Hof bleibt und ihre Silberhochzeit noch miterleben kann.

P.S. Ellis hat überhaupt eine neue Zeitrechnung: vor und nach ihrer Silberhochzeit im Mai.

P.P.S. Ich will auf keinen Fall so tüddelig werden wie der alte Thadsen.

Pelles Tagebuch, 12. Januar 2019

Heute Nachmittag zogen dunkle Wolken auf. Der Wetterexperte im Regionalfernsehen hat es bereits anklingen lassen: Sturm „Horst", der erste in diesem Jahr, kündigt sich an. Der aufkommende Wind zerrt bereits an Büschen und Bäumen. Starkregen ist angesagt. Ich habe im Schweinestall die Decken kontrolliert und bin auf den Strohboden hochgestiegen, um auch beim Dach Ritzen oder Löcher zu finden. Nur an einer Stelle musste ich eine Wanne unterstellen. Mich überkam das bekannte Kribbeln, das mich immer befällt, wenn ein Sturm aufzieht. Ich habe mich auf dem Scheunenboden auf einen Strohballen gesetzt und die Luft eingesogen. Die Erinnerungen an die Sturmnacht vor vielen Jahren haben wieder in mir gekabbelt.

Jeder Sturm wird mir die Nacht, in der Caro starb, wieder vor Augen führen. Es hatte tagelang geregnet und das abgesperrte Haus Nr. 1 war von den Regenmassen unterspült worden und in die Tiefe gestürzt. Ich wusste, dass Caro sich dort aufgehalten hat. Sie flüchtete meistens *dorthin, wenn wir uns gestritten hatten. Die Nachbarn trommelten mich aus dem Schlaf, aber als ich an die Unglücksstelle kam, war alles zu spät. Caro konnte nur noch tot aus dem Schlammbett gezogen werden, der Matsch hatte ihr Mund und Nase verstopft. Später hat mir Tanne berichtet, dass damals eine Ewigkeit vergangen war, bis die ersten Helfer den Strand unterhalb der Steilküste erreicht hatten, denn sie mussten den Umweg über den befestigten Weg nehmen. Im Nachhinein waren es wohl nicht mehr als 15 Minuten gewesen, für mich jedoch war es eine Ewigkeit. Ich war wie eingefroren, hatte mich nicht gerührt, bis die Feuerwehrleute auftauchten und ich gesagt haben soll: „Ich muss jetzt nach Hause zu Betty und dann muss ich in den Stall."*

Februar

Die Sendung „Mein Traumhof"

Schon als sie den Hang von Randby zum Kliff hinunterfuhr, sah sie, dass auf dem Hof ihres Vaters mehrere Autos standen. „Tag des offenen Hofes?" fuhr es Betty durch den Kopf. Das sah Pelle eigentlich nicht ähnlich. Der hatte doch mit Kommunikation und Öffnung für Gäste so viel am Hut wie ein Dealer mit dem Strafgesetzbuch. „Ich muss erst einmal checken, was auf dem Hof los ist", sagte sie zu ihrer Mitreisenden und parkte das Auto kurz vor der Hofeinfahrt.

„Ich glaube, es ist besser, wenn ich erst einmal alleine zu meinem Vater gehe", schlug Betty vor. „Wenn du möchtest, kannst du dir schon die Gegend ansehen." Ihre Freundin Frieda nickte, zog den Reißverschluss ihres Parkas zu und stülpte sich die Ballonmütze über den Kopf. Betty bemerkte, dass Frieda nervös war und rote Flecken im Gesicht hatte. Sie legte ihr die Hand beruhigend auf den Arm.

„Wird schon klappen." Frieda nickte und stieg aus. Betty sah, wie sie mit federndem Gang Richtung Strand ging und grinste. Frieda trug Sneakers wegen des leichten Schrittes, wie sie es nannte, um ihre etwas füllige Gestalt zu kaschieren.

Betty stieg aus und versuchte, sich ein Bild zu verschaffen, was auf dem Hof los war. Mitten auf dem Hofplatz stand Pelle und – wie kam sie dorthin? – die gute alte

Bohnenstange Tanne von Nr. 3, flankiert von einem jungen Paar. Tanne sprach gerade in das Puschelmikrofon, das ihr von einer jungen Frau mit Kopfhörern entgegengehalten wurde. Ein Kameramann filmte die Szene. Betty trat näher und hörte Tanne sagen: „Wir wünschen uns natürlich auch, dass auf unseren Hof neue Ideen kommen und wir sind wirklich nicht abgeneigt, einen frischen Wind zu akzeptieren, aber" – sie blickte zu den beiden jungen Leuten an ihrer Seite – „ein bisschen mehr landwirtschaftliches Knowhow hätten wir uns schon gewünscht."

Betty erfasste mit einem Blick, dass es sich um Bewerber für Pelles Hof handelte. Sie packte die aufkommenden Fragen zur Seite und harrte der Dinge, die da kommen würden. Der junge potentielle Einsteiger antwortete: „Ich kann abschließend nur sagen: Es hat einfach nicht gepasst. Wir wurden freundlich aufgenommen, hatten jedoch völlig andere Vorstellungen von einem landwirtschaftlichen Projekt." Beim Wort „Projekt" zog Pelle leicht eine Augenbraue nach oben, sagte aber kein Wort. Nun wandte sich die junge Einsteigerin an Tanne und sagte: „Ich möchte mich trotzdem für die vielen spannenden Einblicke bedanken, die ihr uns gewährt habt. Seit gestern Abend ist mir aber völlig klar, dass wir unsere Suche nach einem geeigneten Hof fortsetzen müssen. An einer anderen Stelle." Pelle und Tanne konnten nur noch nicken, dann war das Interview vorbei und alle standen unentschlossen herum. „Ich glaube, wir fahren dann mal", sagte der junge Mann und er verabschiedete sich von allen Umstehenden mit einem ausholenden Handschlag wie früher beim Kuhhandel, während seine Freundin nur kurz nickte.

Die Reporterin bedeutete ihrem Kameramann das Aus und wandte sich an Pelle und Tanne: „Das hätten wir. Der Schluss ist doch noch ganz versöhnlich geworden." Pelle entrang sich ein „O-ha" und Tanne nickte nur säuerlich: „Darauf brauche ich erst mal einen Lütten. Das war härter als Stroh staken." Dann entdeckte sie Betty und rief: „Wo kommst du denn so plötzlich her?" Sie ging auf sie zu und umarmte sie. Pelle beließ es bei einem „Moin Betty" und rührte sich nicht vom Fleck. „Kommt alle in die Küche, wir können doch einen schönen Kaffee und einen Lütten vertragen. Oder?" „Ich komme gleich nach", sagte die Fernsehfrau und ging Richtung TV-Fuhrpark, um ihren Leuten letzte Anweisungen zu geben. Diese filmten daraufhin die Hofeinfahrt und den Eingang zum Haupthaus.

In der guten Stube war der Tisch schon gedeckt. Pflaumenkuchen mit Sahne stand neben der Kaffeekanne mit dem echten Kopenhagener Muster. Das hatte Tanne wohl mitgebracht. Betty konnte sich nicht erinnern, jemals solch wertvolles Porzellan auf dem Witthus-Hof gesehen zu haben. Die Cognacflasche nebst passenden Gläsern rundete das Stillleben ab.

„Wir reden, wenn die Fernsehtante weg ist", wies Tanne Betty an. „Dann erklären wir dir alles." Diese nickte und wurde neugierig. Was ihr allerdings sofort klar war: Die beiden hatten sich vor der Kamera als Ehepaar ausgegeben. Betty schmunzelte, die beiden sahen wirklich ulkig aus, Tanne überragte ihren angeblichen Ehemann um einen Kopf und es war nicht zu überhören, dass sie das Sagen hatte. Die beiden suchten also per Sendung Nachfolger für den ziemlich heruntergekommenen Hof. Ein Hof, klapprig wie ein alter Gaul, dachte Betty, einer, der sich nur noch mühsam auf den Beinen hält und von einem genauso hinfälligen Bauern am Halfter Richtung Wassertränke gezogen wird. Die sich dann als knochentrocken herausstellt.

Als Ariane Meiser, die Frau vom Fernsehen, sich an den Kaffeetisch setzte, wurde alles noch einmal durchgekaut. Die Sendung hieß „Mein Traumhof" und hatte jeden Donnerstagabend im dritten Programm einen festen Sendeplatz. Betty erfuhr, dass sich inzwischen schon drei Paare bei Tanne und Pelle vorgestellt hatten. Das letzte Paar kam offensichtlich nicht in die nähere Auswahl und über die beiden anderen Paare war das „Bauernpaar" auch nicht begeistert.

„Was wird denn jetzt aus dem Beitrag, wenn wir niemanden gefunden haben?" fragte Tanne. Ariane Meiser wiegte leicht den Kopf: „Ich denke, wir senden trotzdem. Es muss ja nicht immer alles so glatt gehen. Vielleicht meldet sich ja noch jemand, der zu Ihnen passt." Dann meinte sie, dass die Sendung in zirka einem Monat im Vorabendprogramm kommen würde und versprach, vorher anzurufen. Vielleicht würde sich nach der Ausstrahlung das ideale Paar melden.

Als sie sich endlich verabschiedet hatte, atmeten die beiden Alten auf. „Uff, das hätten wir geschafft", ließ Tanne Dampf ab. „Meine Güte, war das ein anstrengendes Schauspiel."

„Was läuft hier eigentlich?", fragte Betty ihren Vater, um ihn aus der Reserve zu locken.

„Das war alles Tannes Idee", sagte Pelle fast schon entschuldigend.

Diese verteidigte sich: „Irgendjemand musste doch die Hofübernahme mal in die Hand nehmen. Pelle wird ja auch nicht jünger. Und als ich im dritten Programm die Sendung „Mein Traumhof" gesehen hatte, habe ich uns kurz entschlossen als älteres Bauernpaar ausgegeben, das seinen Hof an die jüngere Generation übergeben möchte. Die vom Fernsehen sind sofort drauf angesprungen und waren außer heute schon zweimal hier auf dem Hof zum Drehen."

Betty fand das sehr lustig: „Ausgerechnet du und Pelle! Die Faust aufs Auge. Und wer hat sich für den Hof interessiert?"

„Alles junge Leute aus der Stadt, die keine Ahnung von Landwirtschaft hatten", war Tannes vernichtendes Urteil. „Eine Juristin. Sie kam zwar von einem Dorf aus Dithmarschen, hat aber vermutlich noch nie eine Forke in der Hand gehalten. Ihr Partner war Anlageberater – Betty, soll ich noch mehr dazu sagen?"

Betty lachte. „Und die anderen?"

„Alles landwirtschaftliche Greenhorns. Lehrer und Psychologen, die sich in der Stadt nicht mehr wohlfühlten und nochmal auf Sinnsuche in ihrem Leben gehen wollten. Die Psychologin hatte tatsächlich den Plan, neben ihrer Psychologen-Praxis eine Alpakazucht aufzumachen. Sie hatte eine Fernsehsendung über eine Alpakafarm in der holsteinischen Schweiz gesehen und war ganz begeistert von den sanften Augen der Tiere. Die hätten einen positiven Einfluss auf ihre Patienten."

Tanne hatte ihr klipp und klar gesagt, dass sie so ein Vorhaben nicht unterstützen würde. „Wir sind ja nicht in den Anden, sondern auf dem Hügelland an der Förde."

Daraufhin hatte die Psychologin gemeint, die Chemie zwischen ihr und der Bäuerin würde leider nicht stimmen und es lägen wohl Aggressionen in der Luft. Der Abschied war kurz und schmerzlos. Danach war die Luft wieder rein, fand Tanne.

Das letzte Paar, das Betty mitbekommen hatte, wollte einen Internethandel mit dem Fleisch von Sattelschweinen aufmachen. Aber als sie die drei einsamen Nostalgiesauen von Pelle im Stall sahen, waren ihre Pläne nur noch Makulatur. Als Pelle sie fragte, wie sie sich denn die Tierhaltung und die Schlachtung vorgestellt hätten, hatten sie keinen Plan.

„Besonders um die Schlachtung machten sie wortreich einen Bogen. Die meinten wohl, die Schweine gingen selbst zum Schlachter", grinste Tanne und fuhr fort: „Sie wollten beim Schlachter nur die verpackten Fleischstücke abholen und dann per Internet vermarkten. Das kannst du doch in jeder Lagerhalle machen, da brauchst du keinen Hof für. Dass man die Tiere vorher auf einen Viehhänger bekommen und sie zum Schlachter fahren muss, war ihnen zu viel. Immerhin hatten sie schon kapiert, dass der Kilopreis für bestes Sattelschweinfleisch mindestens bei 30 Euro liegen sollte. Das sah ihr sogenannter Business-Plan vor."

„Na na, jetzt bist du aber wirklich zu negativ", ließ sich Pelle endlich mal vernehmen. Betty hatte schon befürchtet, dass er den Mund gar nicht mehr aufmachen würde. „Die waren doch ganz sympathisch."

„Sympathisch nützt ja nix", antwortete Tanne säuerlich und fuhr fort: „Die junge Frau war etwas zart besaitet. Als die Fernsehtante wollte, dass sie eine Sau streichelt, stieg sie ganz zaghaft in die Bucht. Ist doch klar, dass das Tier neugierig an ihr schnupperte. So schnell, wie die junge Frau wieder aus der Bucht heraus war, konnten wir gar nicht gucken." Alle lachten, als sie sich die Situation vorstellten.

„Ich glaube, wenn ihr so weitermacht, werdet ihr niemanden finden", sagte Betty. „Die Landwirtschaft, die Ihr Euch vorstellt, ist doch völlig überholt. Ein bisschen kreativer denken und auch andere Wege zulassen, ist doch jetzt gefragt."

Pelle sah sie erstaunt an. War das wirklich die kleine Betty, dieses stille Kind von früher? Er betrachtete seine Tochter, die sich auch äußerlich sehr verändert hatte. Sie hatte ihre wilden rötlich-braunen Locken mit einem geschlungenen grünen Band gebändigt und trug einen kleinen funkelnden Ring an der Nase, der ihrem schmalen Gesicht eine besondere Note gab.

„Ihr habt Euch sicher gewundert, mich hier zu sehen", fuhr Betty fort. „Aber ich bin nicht ohne Grund gekommen. Wir haben uns überlegt, hier etwas Neues aufzuziehen, wenn du nicht mehr wirtschaftest. Das wollte ich mit dir besprechen, Papa."

„Etwas Neues?" fragte Pelle vorsichtig.

„Na ja, etwas, das mehr up to date ist als der Hof im Moment. Ein Projekt, das nachhaltig ist und gleichzeitig sinnstiftend."

„Und was heißt ‚wir'?", brachte Tanne heraus.

„Frieda, eine Freundin von mir aus Hamburg und ich. Sie ist heute mitgekommen, erkundet gerade das Kliff und den Strand. Ihr werdet sie gleich kennenlernen."

„Was habt Ihr vor?"

„Ganz viel", antwortete Betty. „Wir wollen raus aus der Großstadt, hierher ziehen und die Alteingesessenen hier vom Kliff und oben in Randby zu Neuem inspirieren."

„O-ha", sagte Pelle und setzte sich.

Doch Betty ließ sich nicht aufhalten: „Natürlich machen wir nichts über die Köpfe der Leute hier hinweg. Alles auf Augenhöhe. Wir besprechen alles mit euch und allen anderen, die mitmachen möchten. ‚Partizipation' ist unser Motto. Alle partizipieren an allem."

Die beiden Alten schauten sich an und fühlten sich wie von einer Ackerwalze überrollt.

Betty fuhr fort: „Das Image der Landwirtschaft ist doch zur Zeit auf dem Tiefpunkt. Das wollen wir ändern. Die Verbraucher aus der Stadt müssen wieder eine Beziehung zu Ernteprodukten und zu Nutztieren in der Landwirtschaft bekommen. Die sollen nicht nur konsumieren, sondern auch verstehen, woher die Lebensmittel kommen und wie sie produziert werden."

„Und w e r sie produziert", warf Pelle ein.

„Ich merke, Papa, du bist nicht abgeneigt", sagte Betty. „Wir haben ein stimmiges Konzept, das lassen wir dir hier, damit du es in Ruhe lesen kannst und dich nicht überfahren fühlst."

Pelle wehrte ab: „Ich habe nichts zugesagt."

Betty war nicht zu bremsen: „Wir wollen zweigleisig fahren. Einerseits Landwirtschaft erlebbar machen und sich als Teil der Natur begreifen, andererseits gemeinschaftlich mit anderen eine Arbeitsbasis schaffen."

„Aha", ließ Tanne sich vernehmen. „Wie soll das aussehen?"

„Wir könnten zum Beispiel gemeinschaftlich mit Leuten aus dem Dorf Gemüse anbauen. Und" – sie hob die Hand, weil Tanne sie unterbrechen wollte – „… oder zumindest mit Tauschbörsen für Pflanzen beginnen."

„Ja vielen Dank auch", sagte Tanne schnippisch. „Tauschbörsen gibt es bei uns schon seit tausend Jahren. Das braucht ihr nicht neu zu erfinden. Auf die Art und Weise habe ich mir den Giersch in den Garten geholt. Dank einer Hortensie von Annemarie Petersen."

Betty ließ sich nicht beeindrucken, sondern sagte fröhlich: „Tanne, Giersch ist das neue Trendgemüse in Hamburg. Auf dem Wochenmarkt in Ottensen kosten 100 Gramm 1,80 Euro. Die jungen Familien stehen da drauf. Das ist doch eine prima Geschäftsidee und wäre doch ein Anfang der Zusammenarbeit: Du lieferst den Giersch und wir verkaufen ihn in Hamburg."

Nun musste auch Tanne lachen. Soviel Humor hatte sie der Sinnstiftenden gar nicht zugetraut.

„Gemeinsames Sensenmähen mit einem Lied auf den Lippen?", stichelte sie, bereits besser gelaunt.

Doch Pelle hatte offene Fragen.

„Heißt das konkret, ihr wollt hier einziehen?"

„Ja, ich würde gerne mit Frieda hier einziehen. Platz ist doch genug. Es sind so viele Zimmer nicht genutzt. Wir würden auch Miete zahlen, Papa. Die ist in Hamburg inzwischen unerschwinglich. Außerdem gibt es für uns dort nicht mehr genug Freiräume."

„Wer ist denn diese Freundin? Was macht die so?" Tanne fing sich langsam wieder.

„Frieda wohnt mit mir in einer WG. Wir sind seit langem befreundet. Von Beruf ist sie Köchin."

Pelle sagte trocken: „Hauptsache, es kommen keine Künstler auf den Hof. Mit denen bin ich durch. Für immer."

„Lass Mutter aus dem Spiel", fuhr Betty ihn an.

Es entstand eine schwer erträgliche Pause.

Betty ließ nicht locker: „Wir würden hier vieles umgestalten. Bevor ich euch unser Hauptprojekt vorstelle, erzähle ich etwas über die langfristigen Perspektiven. Wir möchten Retreats und Seminare für erholungsbedürftige Manager oder IT-Leute anbieten. Die sollen ein Gefühl für das bekommen, was sie essen und dass da viel Arbeit drin steckt und viele Sorgen. Gleichzeitig sollen sie sich von ihrem Job erholen und da hat Frieda schon eine Idee: Sie sollen in der Landwirtschaft mitarbeiten. Das stelle ich mir sehr inspirierend vor." Bevor die beiden Alten weitere Fragen stellen konnten, fuhr Betty fort:

„Ob wir das mit dem Co-working-Space hinbekommen, ist noch nicht ganz klar. Wir brauchen dafür ziemlich viel Platz."

„Co- wö- was?"

„Co-working-Space. Ein Ort, wo Leute von überall hinkommen können, um zu arbeiten, alleine oder gemeinsam. Wo Ideen ausgetauscht werden können und sich vielleicht Startups finden. An einem idyllischen Ort, der gleichzeitig Inspiration und Ruhe bietet. Dafür ist hier das Kliff mehr als geeignet. Die Leute können morgens ihren Laptop aufklappen, mit Blick auf die Förde arbeiten und nach der Arbeit unterhalb des Kliffs baden oder surfen. Besser geht es doch gar nicht."

Pelle verstand die Welt nicht mehr. Die Leute blickten während des Arbeitens aufs Wasser? Das hatte er Zeit seines Lebens höchstens nach der Arbeit gemacht.

„Ich will hier keine wildfremden Leute haben", warf er ein.

„Nun warte doch ab. Ist nur eine von vielen Ideen. Beim Co-working-Space müssen wir auch erst einmal die Kosten abklopfen. Vielleicht klappt das ja mit einem Existenzgründungszuschuss. Hilfe haben wir auch. Wir kennen in Hamburg eine fitte Handwerker-Crew, die würde uns helfen, die Räume in der Kate dafür herzurichten. Wie gesagt, es ist bisher nur eine Idee. Aber dieses Anti-Stress-Programm für Manager – das steht fürs nächste Jahr."

„So eine Art Erlebnis-Bauernhof?" fragte Tanne spitz.

„Erlebnis-Bauernhof ohne Erlebnis", antwortete Pelle trocken. „Für ausgebrannte Manager ist körperliche Arbeit sicher kein Erlebnis."

Betty ließ sich nicht beirren und fuhr einfach fort: „Eine Übernachtungs-Location ist auch schon gecheckt. Wolfe Kremmler von der „Fördeperle" hat bereits zugesagt. Aber das Beste zum Schluss: Mads überlegt sich auch, ob er mitmacht. Er würde gerne hier in die Landwirtschaft einsteigen. Der konventionelle Betrieb, auf dem er zurzeit arbeitet, ist ihm zu groß, geht in Richtung Massentierhaltung. Er würde hier gerne etwas Neues aufziehen. Etwas, womit er sich identifizieren kann."

„Mads? Unser Mads?" Pelle horchte auf und schöpfte ein klein wenig Hoffnung, denn mit einem gelernten Landwirt konnte er etwas anfangen.

„Ja, unser Mads. Er findet unser Konzept zwar ziemlich gewöhnungsbedürftig. Den landwirtschaftlichen Teil könnte er sich jedoch vorstellen."

„Mir geht das alles zu schnell", sagte Pelle, dem das Unbehagen anzusehen war. „Du lässt dich normalerweise zweimal im Jahr hier blicken und fährst nach zwei Tagen wieder. Und jetzt willst du plötzlich hier einziehen. Und dann noch mit Freunden. Und dann einen Co-work-weiß-ich-nicht-was aufziehen. Mit Mads. Das muss ich erst einmal verdauen."

„Geht mir genauso", sagte Tanne, die bisher geschwiegen hatte. „Ich brauche etwas zu trinken. Aber hol etwas Härteres als deinen Cognac, Pelle."

Betty ließ sich nicht entmutigen, denn der Hauptteil kam noch.

„Das war die Zukunftsmusik, jetzt kommt die Hauptidee. Die nennt sich „Parzelle Pelle" und ich lasse Euch das Konzept hier, damit ihr es in Ruhe durchlesen könnt. Ein Cognac dazu kann nicht schaden."

Betty

Betty verließ die Küche, sie brauchte frische Luft. Die beiden Alten hatten ja null Visionen. Sobald etwas Neues auf sie zukam, griffen sie zum Alkohol. Sie ging hinunter zum Steilufer und setzte sich auf die Wiese über dem Loch, das einmal die Nr. 1 gewesen war. Sie nahm den Seegrasgeruch wahr, der ihr in die Nase stieg und Gedanken an eine fast fleckenlose Kindheit weckte. Zumindest bis zu ihrem dreizehnten Lebensjahr hatte sie gute Erinnerungen.

Ihr Blick wanderte über das Wasser auf der Suche nach Vertrautem. Keine Segel- oder Fischerboote waren um diese Jahreszeit unterwegs. Die alte Eiche krallte sich mit letzter Kraft in den Hang. Ein paar Bretter ihres Baumhauses hingen noch in den sterbenden Ästen. Wie viele Stunden hatte sie dort in luftiger Höhe verbracht? Von ihrem Versteck oben hatte sie im Sommer die Kinder und Jugendlichen beobachtet, die mit ihren Optimisten vor Wackerup segelten. Als Kind hatte sie manchmal Strandgänger mit kleinen Kieseln beworfen und sich geduckt, wenn diese ihre Tiraden losließen. Geheimnisse wurden im Baumhaus geteilt, wenn Freundinnen zu Besuch waren. Geklauter Kuchen aus der Speisekammer und eisgekühlte Limonade wurden hier vertilgt. Es war ein wunderbarer Platz gewesen, zu dem Erwachsene keinen Zutritt hatten.

Es überkam sie ein Zittern. Sie fröstelte und schlang die Arme um ihre Beine. Hier hatte vor zwölf Jahren noch die Nr. 1 gestanden. Das Haus, in dem ihre Mutter in der Sturmnacht ums Leben gekommen war. Ihre Mutter, die alle Warnungen in den Wind geschlagen und sich ihr privates Atelier in dem Abbruchhaus eingerichtet hatte. Der Film lief in Bettys Kopf.

Die Angst kam wieder. Eine Angst, die immer gegenwärtig war. Mal mehr und mal weniger. In guten Zeiten konnte sie diese fast vergessen, in schlechten kroch sie ihr den Nacken hoch. Dann fühlte sie, wie die Härchen sich aufstellten, wenn die Beklemmung sich bis hoch zu dem merkwürdigen Wirbel am Hinterkopf schlängelte, den alle in ihrer Familie hatten. Der Wirbel, dachte Betty, dort oben, unter den Haaren, wo die Angst unkontrolliert herumgewirbelt wurde wie bei einem Tornado. Besonders in der Nacht fürchtete sie diese Strudel. Sie lag manche Nacht zusammengekauert im Bett und die Dunkelheit lauerte überall und zerrte an ihren Nerven. Dann musste sie das Licht anmachen und aufstehen, sonst wäre sie in Schlammmassen erstickt.

Seither hatte Betty viele Häfen auf der Suche nach sich selbst angesteuert, berufliche und persönliche. Nach dem tragischen Unfall ihrer Mutter kurz nach ihrem Abitur hatte sie einen Koffer gepackt und war nach Hamburg entschwunden. Ihr Vater Pelle blieb mit seiner Trauer allein und sah und hörte nur selten von ihr. Sie kam, wenn sie klamm bei Kasse war.

In der Großstadt angekommen erinnerte sich Betty an einen ehemaligen Klassenkameraden aus Randby, der wegen kleiner krimineller Delikte ein Jahr davor erst von der Schule, dann aus dem elterlichen Haus geflogen war. Er war in einer Wohngemeinschaft in Altona untergekommen, an deren Tür sie klingelte. Roggi trat ihr für zwei Monate sein Bett ab und schlief auf einer alten Matratze im ranzigen Wohnzimmer, bis sie selbst eine andere Bleibe gefunden hatte und an der Uni immatrikuliert war.

Auf Umwegen und mit wenig Geld war sie nach vier Jahren zu einem pädagogischen Hochschulabschluss gekommen und fand sich eines Tages in der Abteilung einer norddeutschen Landwirtschaftskammer wieder, um am anderen Ende eines „landwirtschaftlichen Sorgentelefons" zu sitzen. Es war mitten in der Milchkrise 2016 und die Sorgen und Nöte auf den Höfen waren so groß, dass die landwirtschaftlichen Krankenkassen Alarm schlugen, weil die Behandlungskosten für Depressionen, Einweisungen in psychiatrische Einrichtungen und wegen Suizidgefahr der verzweifelten Landwirte sprunghaft angestiegen waren. Die besagte Landwirtschaftskammer hatte daraufhin – finanziell unterstützt von der Landesregierung – dieses landwirtschaftliche Sorgentelefon eingerichtet. Zunächst als einjähriges sogenanntes „Modellprojekt". Wer wusste schon, wie lange diese Milchkrise dauern würde?

Betty hatte die Anzeige gelesen, die sie förmlich ansprang. Ein Jahr lang etwas Neues ausprobieren, das kam ihr gelegen. Da musste sie sich nicht auf längere Sicht festlegen. Und geeignet fühlte sie sich auch. Wer konnte sich besser in die Nöte von Bauern und Bäuerinnen hineinversetzen wenn nicht sie als Bauernkind? Wenn sie keinen Stallgeruch mitbrachte, wer dann?

Doch sie war schlecht vorbereitet auf das, was dann kam. Auf die tonnenschweren Telefonate, die von den Höfen kamen. Meist riefen zuerst die Frauen an, weil die Männer noch etwas durchhalten wollten. Bettys Aufgabe war es, zu trösten, zu vermitteln, an Schuldnerberatungen weiterzuleiten oder nach Lösungen zu suchen, die es kaum gab. Es war nicht selten, dass die Landwirtsfrauen irgendwann wieder anriefen und völlig aufgelöst berichteten, dass ihre Männer nicht mehr durchgehalten und sich per Strick vom Acker gemacht hätten. Damit kam Betty überhaupt nicht klar. Abends fuhr sie völlig erschöpft nach Hause und fand keine Ruhe. Nach nicht einmal einem Jahr hatte sich ihr anfänglicher Beratungselan und ihr Engagement für gebeutelte Familienbetriebe ebenfalls davongemacht. Sie nahm die Gespräche mit ins Bett und suchte nächtelang verzweifelt nach Auswegen, die sie nicht fand. Immer öfter fühlte sie sich als Lastesel, der mit schwerem Gepäck den Mount Everest hochwankte. Sie stieg bergan und bergan, die Luft wurde dünner, die Last schwerer und schwerer. Bloß nicht straucheln, sonst drohte der Absturz. Und Abstürze kannte sie.

Eines Nachts schlich sich ihr Vater Pelle in ihre Gedanken und ließ sie nicht mehr los. Wie ging es ihm als Landwirt? Hatte er genauso große Sorgen? Er hatte keine Milchkühe, sondern Schweine, aber die Preise für deren Fleisch fielen ja auch grade wieder in den Keller. Es wurde Zeit für einen Besuch bei ihm.

Bei diesem Besuch erfuhr sie von Pelle, dass es um seinen Hof und die Finanzen richtig schlecht stand. Als sie wieder zurück nach Hamburg fuhr, keimte ein kleiner Funke in ihr auf, der ihr sagte, dass sie die Pleite ihres Vaters nicht so einfach hinnehmen wolle. Es dauerte noch einige Wochen und viele Gespräche mit Frieda, bis sie das Handy nahm, um Mads anzurufen. Dieser arbeitete inzwischen auf einem großen Betrieb in der Marsch. Er hörte sich Bettys Pläne interessiert an.

Unten am Strand tauchte Friedas pummelige Gestalt auf und winkte fröhlich zu ihr hoch. Betty erhob sich und rief: „Und? Wie ist es?"

„Ein Traum", rief Frieda. „Ich sehe mich da oben auf dem Kliff schon Gäste bewirten." Frieda hatte bereits konkrete Pläne. Auch sie, Betty, wusste, was sie wollte. Sie würde das Parzellen-Projekt anleiern, vermarkten, betreuen und die Logistik übernehmen. Wenn alles gut ging, kam Mads bald dazu.

Als Frieda oben auf dem Plateau angelangt war, führte Betty sie zum Witthus-Hof. Tanne hatte sich inzwischen verzogen, Pelle zog sich gerade die Gummistiefel an. Es war Stallzeit, an die er sich hielt, als hätte er noch 60 Sauen und 300 Mastschweine. Betty stellte ihre Freundin vor und Pelle gab ihr kurz die Hand. Dann drehte er sich um, sagte „Ich muss jetzt mal", ließ die Fremde stehen und ging Richtung Stall.

„Mach dir keinen Kopf um meinen Vater", sagte Betty. „Das ist pure Unsicherheit. Ich habe ihm unser Konzept hingelegt, vermutlich hat er es sich angesehen. Vielleicht war das zu viel für ihn. Er weiß nicht, was er von uns halten soll." Dann lud sie ihre Mitstreiterin in die gute Stube ein, wo noch die beiden Schnapsgläser von Tanne und Pelle und der Hochprozentige standen.

„Oh", sagte Frieda. „Unser geplantes Projekt musste wohl erst verdaut werden."

„Bis zur ausführlichen Vorstellung des Projektes bin ich gar nicht gekommen", antwortete Betty und dachte im Stillen: Du hast keine Ahnung, was du zukünftig noch alles verdauen musst.

Sie holte Teller und eine Seltersflasche aus der Küche und forderte ihre Freundin auf, sich mit dem restlichen Kuchen für die Rückfahrt zu stärken, ein Angebot, das Frieda sich nicht zweimal sagen ließ.

Pelles Tagebuch, 4. Februar 2019

Als die beiden Mädchen vom Strand wiederkamen, hatte ich mich schon in den Stall verzogen. Ich hatte nicht vor, in den nächsten zwei Stunden wieder herauszukommen, da ich mich intensiv mit meinen drei Schweinen beraten musste. Doch die waren nur am Futter interessiert und keine wirkliche Hilfe. Irgendwann tauchte Betty auf und stellte sich neben mich. Ich finde, sie sieht sehr gut aus. Aber komisch, bei Schweinen sind Nasenringe inzwischen verpönt und die jungen Leute tragen sie heutzutage als Schmuck!

Betty war aufgefallen, dass es für mich alles zu schnell ging und bat mich, trotzdem ihre Pläne anzuhören. Ich war bereit dazu.

Betty betonte, dass sie mich nicht vom Hof vertreiben wollten, aber einen Teil vom Wohnhaus würden sie gerne von meinem Bereich abtrennen. Mietzahlung wäre kein Problem. Sie und ihre Freundin hätten Ersparnisse.

Ich sagte ihr, dass ich kein Teil ihrer WG werden wolle und – damit es nicht zu einvernehmlich wurde -, dass ich mich noch nicht entschieden hätte.

Sie bat mich, das Konzept durchzulesen und tatsächlich lag es auf dem Küchentisch, als ich aus dem Stall kam. Betty und Frieda waren verschwunden und das Gefühl der Hochspannung in der Küche war verflogen.

P.S. Mein Anker ist Mads. Irgendwie. Der packt nichts an, was gegen die Wand gefahren wird.

Pelles Tagebuch, 5. Februar 2019

Ich habe mir das Konzept der „Hamburger" durchgelesen. Vieles ist mir fremd, hatte Probleme, es zu verstehen. Aber die grobe Linie habe ich verstanden. Dass nämlich mein Hof mit neumodischen Methoden umgemodelt werden soll.

Co-working-Space und Manager-Auszeit werden erst im nächsten Jahr akut. Das mit den „Parzellen" wird als Erstes angepackt. Eine vorbereitete Fläche soll abgetrennt und an Städter vermietet werden. Das Papier muss ich noch einmal mit Tanne durchgehen.

Was den Zweig „Landwirtschaft" angeht, habe ich etwas aufgeatmet. Da hatte wohl Mads seine Finger im Spiel. Die Landwirtschaft soll nämlich „behutsam" verändert werden. Das heißt, dass dieses Jahr meine Saat weiter wachsen darf, nur der Kartoffelanbau soll erweitert werden. Eine neue Sorte, die „Rote Dora", soll zusätzlich auf zwei Hektar angebaut werden. Angeblich Superfood, das momentan in den Metropolen den Gemüsehändlern aus den Händen gerissen wird. Mads erhofft sich dadurch wohl ein gutes Geschäft. Dieses Jahr wird noch nach meinen Bedingungen angebaut. Im nächsten Jahr können die Jungen Zuckerrohr oder Reis anbauen. Von mir aus.

Alle anderen Pläne sind mir fremd. Erholung für Manager! Wir Bauern könnten auch Erholung vertragen. Viele von uns sind ebenfalls am Limit, um die kümmert sich keiner. Ich könnte gut eine „Auszeit" vertragen. Wohin würde ich fahren? Bloß keinen „Urlaub auf dem Bauernhof". Da würde ich gleich die Mistgabel wieder in die Hand nehmen. Aber vielleicht Südtirol? Oder in die Alpen? Und allein? Das wäre doch zu langweilig. Darüber denke ich weiter nach, wenn mir hier alles zu viel wird.

März

Pelle spannte den Güllewagen hinter den Trecker und brachte den braunen Dünger auf seinen wenigen Feldern aus, die er noch bewirtschaftete. Er war an einem Tag damit fertig, denn seine drei Sauen produzierten keine größeren Mengen des nährstoffhaltigen Stoffes mehr. Auch der Mist war rasch auf den Böden verteilt. Sein Nachbar Thies hatte mit dem Ausbringen der streng riechenden Brühe mehr Arbeit. Sein Güllebehälter bildete Schaumkronen und lief fast über. Heute wurde bei ihm die Gülle mit einem riesigen Rührgerät, einem überdimensionalen Insektenrüssel, durchgemischt. Der Wind kam von Nordwesten und der Geruch legte sich auf Randbys Dächer und Gärten. Die Hausfrauen holten schnell ihre Wäsche von der Leine.

Bürgermeister „Sack", der eigentlich Claus-Hermann Clausen hieß, sammelte wie jedes Jahr die Beschwerden der Neubürger über die Geruchsbelästigung und ließ sie in seiner Schreibtischschublade verschwinden. Er wusste, dass sich die Aufregung meistens nach zwei Tagen von selbst legte oder wenn der Wind die Richtung änderte. Das blieb erst einmal abzuwarten.

Mads

Schon als Mads durch Randby fuhr, klopfte sein Herz etwas schneller und als er zum Kliff abbog, machte sich Unruhe in ihm breit. Er stellte sein Auto hinter einem Knick ab, denn er wollte erst einmal durchatmen. Sein Blick streifte die Gebäude des Thadsen-Hofes. Das Haupthaus thronte immer noch mächtig zwischen den Scheunen und Stallgebäuden. Vor allem an letztere hatte er keine gute Erinnerung. Das erste landwirtschaftliche Ausbildungsjahr bei seinem Vater Thies würde ihm noch Jahre in den Knochen sitzen.

Es hatte alles damit angefangen, dass sich Thies Thadsen eines Tages daran erinnerte, dass er einen 16-jährigen Sohn hatte, Mads, aus einer früheren Beziehung, die in die Brüche gegangen war. Mehr Kinder wollte er auf keinen Fall. Mads lebte bei seiner Mutter in Flensburg. Thies bezahlte für ihn und sah ihn selten. Die Geschenke zu Weihnachten und zum Geburtstag besorgte Ellis.

„Ich weiß doch gar nicht, was ein Kleinkind mag", sagte Thies, als Mads noch klein war, und mit der Abgabe des Geschenkes war für ihn der Geburtstag und auch der Besuch für längere Zeit erledigt.

Und auch der Junge hatte mit steigendem Alter keine Ambitionen, seinen Vater öfters als nötig zu treffen.

Nur einmal hatte seine alleinerziehende Mutter Inga ihn auf dem Thadsen-Hof „geparkt", als sie zu Bewerbungsgesprächen ging. Die Erfahrungen, die Mads dort mit seinem Vater machte, hatte ihm für lange Zeit den Besuch dort vergällt.

Im Jahr 2003 hatte Mads seinen Realschulabschluss in der Tasche. Er hatte keinen Plan, was er nun mit seinem Leben anfangen sollte. Sein Freundeskreis begann sich beruflich zu orientieren und einer wurde sogar Vater. Mads' Mutter drängte ihn zu nichts, da sie keine Erfahrung in

Berufsberatung hatte und ließ es erst einmal laufen. Sie ging weiterhin ihrer Arbeit als Kassiererin im Supermarkt nach und war abends zu müde, um sich Gedanken um ihren abwesenden Sohn zu machen.

Mads verbrachte die Sommertage an den verschiedenen Stränden oder hing in suspekten Cliquen ab. An manchen Abenden traf er sich mit seinen ehemaligen Schulfreunden, die unter der Woche jedoch kein großes Interesse am Feiern hatten, weil sie am anderen Tag in ihren Lehrbetrieb mussten.

Während dieser Hängepartie tauchte eines Tages sein Vater Thies auf. Er setzte sich zu Mads' Mutter an den Küchentisch. Mads lehnte an der Wand und hörte zu, was der ungewohnte Gast zu sagen hatte. Er konnte ihn nicht „Vater" nennen, so selten wie er auftauchte, es blieb bei „Thies" oder „der Alte."

„Mads, du hast jetzt deinen Schulabschluss und die Frage ist doch, wie es mit dir weitergeht", sagte Thies und sah Inga an.

Mads sagte nichts.

„Hast du denn Pläne?"

„Nö."

„Eine Lehre?"

„Weiß nicht."

„Hast du dich denn schon um eine Lehrstelle gekümmert?"

„Nee."

„Du weißt schon, dass am 1. September der letzte Termin ist, um sich zu bewerben."

Inga mischte sich ein. „Nun setz den Jungen nicht unter Druck, Thies."

Doch Thies ließ sie links liegen: „Du könntest bei mir eine Ausbildung anfangen. Ich bin Meister und darf ausbilden."

Schulterzucken.

„Überlege es dir. Doch warte nicht zu lange, die Zeit läuft. Es wäre immerhin eine Möglichkeit, deine Zeit gut zu nutzen und auch noch Geld zu verdienen. Kost und Logis sind frei."

„In der Landwirtschaft verdiene ich als Azubi nicht grade viel", warf Mads ein.

Thies stand auf: „Als Azubi musst du auch nicht reich werden. Ist ein Angebot, Mads. Überlege es dir."

Als der Vater gegangen war, ging Mads in sein Zimmer, legte sich auf das Bett und drehte die Musik auf volle Dröhnung. Was wusste denn sein Vater schon über ihn? Was er gut fand und was nicht?

In der Musik der „Morbid Dragons" fand er Trost und drehte noch etwas lauter auf.

Eine Lehre

Am 1. September stand Mads, spät entschlossen, morgens um 10 Uhr auf dem Thadsenhof und wurde von Ellis und seinem Großvater, dem alten Thade, freundlich aufgenommen. Thies ließ sich den ganzen Tag nicht blicken. Er hatte eine Sitzung der Fachgruppe „Schweinehaltung" beim Bauernverband.

„Ich zeige dir erst einmal alles", sagte Ellis zu Mads. „Du warst ja noch nicht sehr oft hier. Nun musst du alles mit einem landwirtschaftlichen Blick betrachten. Da noch nicht Stallzeit ist, fangen wir am besten in der Maschinen-halle an und machen einen Rundgang über die Felder."

Mads fühlte sich nicht wohl. Zu vieles war neu und Landwirtschaft war nicht gerade der berufliche Zweig, den er angestrebt hatte. Hatte er überhaupt etwas angestrebt? Zu lange hatte sein Zögern gedauert, also nahm er das, was ihm vor seine Füße gelegt worden war. Er würde einen Teufel tun und seinem Vater oder Ellis erzählen, dass er die Landwirtschaftslehre nur begonnen hatte, weil er kei-nen Dunst hatte, was er mit seinem Leben anfangen sollte.

Damals wusste er noch nicht, dass das erste Lehrjahr bei Thies das einzige bleiben sollte und er sich für das zweite und dritte Jahr den Lehrmeister Pelle Witthus aussuchen würde. Eine Entscheidung, die er nie bereut hatte, denn die „Erlebnisse" mit Thies summierten sich im Laufe des Jahres und trieben den jungen Mann vom Hof.

Unvergesslich war ein Tag in der ersten Woche der Lehrzeit, an dem Thies ihm zeigen wollte, dass man in der Schweinehaltung nicht zimperlich sein sollte. Aus einem neuen Wurf wurden die männlichen Ferkel kastriert, „weil sich das Eberfleisch sonst nicht verkaufen lässt."

Mads hielt die zappelnden Ferkel an den Hinterbeinen und drehte den Kopf weg, um nicht mit ansehen zu müs-sen, wie sein Vater den Kleinen ohne Betäubung mit der Rasierklinge die Hodensäcke aufschnitt. Beim Anblick des Ergebnisses auf dem Stallboden begann der Auszubilden-de zu würgen.

„Am besten gewöhnst du dich schnell daran", sagte Thies ungerührt. „In der Landwirtschaft siehst du mehr Innereien als in einem OP-Saal."

Mit der Zeit gewann der Junge viele Eindrücke, die ihn störten. Da waren die tragenden Sauen, die in viel zu kleinen Buchten auf die Geburt warteten. Kurz vorher wurden sie fixiert. Damit sie sich nicht auf die Neugeborenen legten, blieben sie ein paar Tage in einem engen Gitter. „Ferkelschutz" nannte Thies dieses Korsett.

Einmal stellte Mads beim Misten fest, dass zwei Läufer in einer vollgestopften Bucht statt ihres geringelten Schwanzes nur noch zwei blutige Stümpfe hatten. Die anderen Artgenossen hatten ihnen über Nacht die Schwänze abgebissen und ihnen überall blutige Striemen zugefügt. Er fragte sich das eine oder andere Mal, wie diese kannibalischen Aktionen zustande kamen. Denn er lernte Schweine auch von einer anderen Seite kennen. Sie waren lernfähig und neugierig und wenn man ihnen einen Ballen Stroh in die Bucht warf – „Verschwendung" sagte Thies – dann tobten sie um den Ballen herum, lösten in Sekundenschnelle die Schnüre mit ihren Schnauzen und zerfledderten das Bündel in kürzester Zeit.

Erst als er bei Pelle in die Lehre ging, hatte er gesehen, dass Schweinehaltung auch anders ging. Dass Schweine Unterhaltung und Abwechslung brauchten, dass sie gerne auf Stroh liefen, sich darunter versteckten und keiner der Rabauken mehr ans Schwanzbeißen dachte. Er verbrachte einige Zeit damit, ihnen kleine Kunststücke beizubringen, die Thies mit Kopfschütteln quittiert hätte. Der Großbauer war mit seinen Gedanken bereits um Jahre voraus. Er würde sich demnächst die Smartphone-App „Tierwohlcheck" anschaffen. Auch autonom arbeitende Feldroboter hatten sein Interesse geweckt. Da hielt man sich nicht mit so Kinkerlitzchen wie Ferkelunterhaltung auf!

Mads gab sich einen Ruck, ließ die Erinnerungen hinter sich, startete den Motor und fuhr langsam Richtung Witthus-Hof.

Er stellte fest, dass sich die beiden Rapsfelder seines Vaters, die an die Witthus-Felder grenzten, bereits zu einem dichten grünen Teppich entwickelt hatten. Er konnte sich vorstellen, wie schön es aussehen würde, wenn der gelbe, berauschend duftende Raps sein geplantes Projekt umrahmen würde. In einem Monat kämen die ersten Blüten zum Vorschein und Ende April wäre die Straße zum Kliff hinab gelb umsäumt. Dahinter die blaue Förde, für viele Fotografen und Maler immer wieder ein begehrtes Motiv.

Schnell fuhr er am Thadsen-Hof vorbei. Seinem Vater Thies wollte er nicht als Erstem begegnen. Umso erfreuter war er, als er Pelle auf dem Hofplatz sah, der sich am Schlauch die Gummistiefel abspritzte.

Mads winkte und rief aus dem Autofenster:

„Moin Pelle! Na, alles frisch bei dir?"

Pelle kniff die Augen zusammen und tat, als kenne er den jungen Mann nicht.

„Sind Sie vom Fernsehen oder wollen Sie hier arbeiten?", fragte er vergnügt und konnte seine Wiedersehensfreude kaum verbergen.

Mads sprang aus dem Auto und lief auf seinen ehemaligen Ausbilder zu. Er hatte es nie vergessen, dass Pelle ihm vor Jahren aus der Patsche geholfen hatte.

Während seiner Lehrzeit bei seinem Vater Thies Thadsen hatte es sehr viele Auseinandersetzungen gegeben. Manchmal war Thies auch im Recht, musste Mads insgeheim zugeben. Besonders, wenn er nach einer Feier morgens nicht aus dem Bett kam, weil ihm schon beim

Gedanken an den Ammoniakgestank im Stall die Glieder bleischwer wurden. Da kam er einfach nicht aus den Federn. Doch viele Streitgespräche gab es um die schlechte Behandlung der Tiere, um Spritzmitteleinsatz oder um den Umgang mit seinem Sohn. Nie war die Arbeit von Mads gut genug, obwohl er sich solche Mühe gab. Ewig wurde an ihm herumkritisiert oder erzogen. Drei Jahre hielt Mads das nicht aus. Er schüttete Ellis manchmal sein Herz aus und sie verstand ihn. Sie riet ihm auch, bei Pelle anzufragen, ob die Lehrzeit nicht bei ihm fortgesetzt werden könne. Thies würde zwar toben, aber Mads sollte sich während der Ausbildung nicht ständig unter Druck fühlen. Bevor er womöglich alles hinwarf. So fragte Mads kurz vor Beginn des zweiten Ausbildungsjahres den Nachbarn Pelle, zu dem er inzwischen ein gutes, nachbarschaftlich-vertrautes Verhältnis hatte, ob er nicht sein Lehrherr werden wolle. Pelle sagte zu und half dem Jungen, die beiden restlichen Ausbildungsjahre zu absolvieren. Und das mit Auszeichnung.

Jetzt war die Wiedersehensfreude groß. Sie umarmten sich ungelenk und klopften sich gegenseitig auf den Rücken. Pelle stellte fest, dass sich sein ehemaliger Lehrling sehr verändert hatte. Aus dem schmalen Jungen war ein kräftiger junger Mann geworden, sein halblanges blondes Haar hatte er zu einem Pferdeschwanz gebunden. Sein fröhliches Lachen erinnerte Pelle an frühere Zeiten, als Mads während seiner Ausbildungszeit in Pelles Stall mit den Ferkeln kleine Dressurstücke aufführte.

„Willst du es wirklich wagen, hier anzufangen?", fragte der Alte.

„Wenn du nichts dagegen hast. Wenn du uns lässt, kann das ein Superprojekt werden."

„Wie stellst du dir das vor?"

„Ich habe gekündigt und könnte im April hier anfangen", platzte Mads los. „Bei der Frühjahrsbestellung kann ich dir jetzt schon an den Wochenenden helfen und ...."

Pelle, der sich langsam mit den Neuerungen abfand, unterbrach ihn: „Das müssen wir aber nicht hier auf dem Hofplatz besprechen. Komm erst einmal in die Küche. Da entsteht gerade das Zentrum unserer neuen Wohngemeinschaft."

Mads lachte und streifte in der Waschküche die Schuhe ab, während Pelle aus den Stiefeln stieg.

Frühjahrsbestellung

Die beiden Männer hatten in der Küche Zukunftspläne geschmiedet, die – wie sie beide fanden – durchführbar waren. Als Freundschaftsbeweis blieb Mads noch bis zum Abend, half Pelle, seine Drillmaschine in Stellung zu bringen, schmierte sie im Maschinenschuppen ab und spannte sie hinter den alten John Deere. Hafersäen war angesagt und auch die Futterbohnen mussten in die Erde. Der Boden war krümelig und feucht. Beste Bedingungen für die Aussaat.

Ellis Thadsen stand am Feldrand und beobachtete ihren Stiefsohn, wie er Bahn für Bahn auf dem Feld zog und die Bohnen in die Erde zwirbelte. Hinter ihm stritt sich die obligatorische Möwenbande um wenige Regenwürmer. Sie kreischten und rauften sich um die Beute. Wenn gepflügt wurde, hatten sie mehr Glück. Da konnte man dabei zusehen, wie sich jeder einzelne Vogel den Wurm, der ans Tageslicht befördert wurde, von der Erde pickte und sich davonmachte, um nach dem Verzehr schnell wiederzukehren. Die Möwen dezimierten die Schar der Ackerhelfer, die den Boden lockerten. Der Regenwurm könnte auch einmal das Tier des Jahres werden, dachte Ellis und grinste in sich hinein. Dann ging sie ein Stück weiter und begutachtete, wie Pelle den Hafer säte.

Ellis fand, dass Pelle ein besonderes Gewächs war. Er war bedächtig, bei allem, was er tat. Er war der ehrlichste Mensch, den man sich denken konnte und vor allem war er zur Stelle und blieb da, wenn man ihn brauchte. Und zwar so lange, wie es nötig war. Solche Menschen waren so selten wie der Schierlings-Wasserfenchel in der Elbe, der der Elbvertiefung im Wege stand. Pelle stand sich manchmal nur selbst im Weg. Manchmal auch nicht, dann packte er einfach zu.

Als damals die Sache mit Mads war, hatte Pelle sofort die Notlage des Jungen erkannt und ihn für das zweite und dritte Lehrjahr aufgenommen. Thies hatte getobt, aber Pelle blieb ungerührt. Ellis war ihm dankbar und erkundigte sich heimlich nach der Entwicklung des Jungen. Schnell hatte sie mitbekommen, dass Caro, Pelles Frau, den Jungen nicht besonders mochte. Für ihn wurde ihr kleines Atelier ausgeräumt, damit er ein eigenes Zimmer bekam. Caro musste das ehemalige, immer noch nach alten Menschen riechende Schlafzimmer von Pelles Eltern ausräumen und einrichten. Sie machte keine Szene, sondern fügte sich.

Ellis erfuhr von Pelle, dass Betty sich über den „Bruder", den sie überraschend bekam, freute. Tatsächlich waren die beiden jungen Leute ein Herz und eine Seele. Mads machte den Mopedführerschein und nahm Betty auf seiner Zündapp mit zu Landjugendfesten und Strandfeten. Betty revanchierte sich damit, dass sie Mads mit Freundinnen bekanntmachte, mit denen der junge Mann flirten und ausgehen konnte. Als Mads seine Prüfung mit möglichst geringem Aufwand schaffte, gratulierten ihm Pelle und Betty mit einem Ausflug nach Sylt. Caro hielt sich zurück und brachte ein mageres „Gratulation!" über die Lippen.

Ellis, die von Mads' Schulabschluss erfuhr, drängte Thies, ihm seine Anerkennung zu zeigen.

„Mads wollte die letzten zwei Jahre nichts mit mir zu tun haben. Und ich auch nicht mit ihm. Er kann froh sein, dass ich ihn auf das landwirtschaftliche Gleis geschubst habe", sagte Thies verärgert.

Ellis packte 200 Euro in einen Umschlag und machte sich auf den Weg zum Witthus-Hof.

„Dein Vater und ich gratulieren recht herzlich zur bestandenen Prüfung", sagte sie zu Mads, drückte ihm den Umschlag in die Hand und lachte: „Ein kleiner Zuschuss für eine ordentliche Fete."

Dann wurde das freudige Ereignis erst einmal standesgemäß zu viert begossen.

Dass Caro nicht dabei war, verwunderte keinen. Betty kam inzwischen öfter zu Ellis und nach Mads' Auszug kam sie noch öfter, um sich auszusprechen und ihre Sorgen auszubreiten. Denn ihre Eltern hatten fast täglich Streit und es war zuhause kaum auszuhalten. Betty wollte nach dem Abitur sofort ausziehen und sich in Hamburg eine Bleibe suchen.

Ellis dachte weiter über die Witthus-Familie nach. Erst war Mads ausgezogen, dann stürzte Caro mit Kliff Nr. 1 in die Tiefe und Pelle konnte gar nicht so schnell gucken, wie Betty dann auszog. Pelle war allein zurückgeblieben.

Ellis' Gedanken kreisten um Pelle, während sie ihn beobachtete.

Er hatte die Meisterschule besucht und durfte Lehrlinge ausbilden. Das tat er gewissenhaft und verlor nie ein Wort darüber, dass er Mads aufgenommen hatte und für ihn Lehrlingslohn bezahlen musste.

Ellis wusste, dass Pelle den Hof von seinem Vater übernommen hatte. Er war seit jeher Schweinebauer. Denn Marten Witthus, Pelles Vater, hatte sich in den 70er Jahren von seinen fünfzehn Kühen, seinen Kälbern, zwei Pferden und zahlreichen Hühnern verabschiedet und sich auf Sauenhaltung und Schweinemast spezialisiert. Er hatte Pelle den Hof überschrieben und dieser hatte mit 20 Sauen angefangen und es bis vor wenigen Jahren auf über 60 Sauen gebracht. Die Ferkel der Sauen zog er bis zu einem Gewicht von 28 Kilo groß und verkaufte sie dann an ihren Mann Thies, der sie weiter mästete. Thies war Pelles Hauptabnehmer gewesen, bis er ihn von einem Tag auf den anderen als Lieferanten abserviert hatte. Das hatte Ellis leider zu spät mitbekommen, sonst hätte sie sich eingeschaltet. Ihre Vorwürfe kamen zu spät und prallten an ihrem Mann ab.

Tagelang hatte sie gegrollt und fragte sich selbst, woher die Wut kam. Nach längerem Nachdenken, wurde ihr klar, dass ihr die Zuneigung zu ihrem Mann langsam abhanden gekommen war.

War es, als Thies begann, aufgebenden Landwirten die Felder zu Höchstpreisen abzukaufen? Oder war es beim Bau einer riesigen Biogasanlage, als sie sich wochenlang mit Thies gestritten hatte, dass die Maismonokultur in keine Fruchtfolge passte. Auseinandersetzungen gab es auch bei der Vergrößerung des Schweinestalls. Das Stroh in den Buchten wurde zugunsten von Spaltenböden abgeschafft. Die Schweine wurden zusammengepfercht und verletzten sich an den Spalten die Klauen. Es sollte alles sauber bleiben und wenig Arbeit machen.

„Das ist nicht sauber, das ist so steril wie in einem OP-Saal!" warf Ellis ihrem Mann vor. Das hatte ihn kalt gelassen. Auch seine Pläne, sich in der Ukraine nach Land umzusehen, stiess bei ihr auf Protest. Glücklicherweise war er sich mit den Ukrainern nicht einig geworden. Die Weizenpreise auf dem europäischen Markt wurden für Thies wichtiger als sein Familienleben. Sein Vater wurde älter und der Rücken gebeugter. Thies wollte es nicht sehen und verfolgte „neue Pläne".

Und dann seine Frauengeschichten. Auf einigen Festen hatte er mit Frauen geflirtet, getanzt und sie an die Bar eingeladen, während es Ellis schwerfiel, sich zu amüsieren. Oft war sie ohne ihn stocknüchtern nach Hause gefahren. Sie lag im Bett und dachte über Thies nach. Sie fragte sich, wo in all den Jahren der junge Mann geblieben war, der sich auf den Rücken des Ebers gesetzt und einen tollkühnen Ritt über die Sauenweide gewagt hatte, bis er mit elegantem Schwung absprang und sich verbeugte? Wohin war der lachende Feldarbeiter entschwunden, der sich beim Rübenhacken mit einem Hechtsprung in den Knick rettete, wenn eine Regenwand im Anmarsch war? Mit den Jahren war ihnen beiden diese Leichtigkeit verloren gegangen. Stattdessen enttäuschende Abende. Eine große Müdigkeit. Zu reden gab es nicht mehr viel. Die Handgriffe bei der Arbeit saßen und im Stall wurde eher mit den Schweinen geredet.

Thies kommunizierte mehr mit seinen Tieren als mit ihr, wenn er ein Mastschwein auf den Anhänger jagte und ihm einen Tritt verpasste: „Stell dich nicht so an. Los, mach jetzt! Ich habe keine Zeit, ewig auf dich zu warten." Ellis schüttelte sich und war froh, dass sie nicht gemeint war.

Ihr Blick kehrte zu Pelle und der Sämaschine zurück. Es war bewundernswert, wie akkurat er arbeitete. Am liebsten sah sie ihm beim Kartoffelpflanzen zu. Da war er ein absoluter Spezialist: Er hatte das gewisse Händchen beim Kartoffelanbau. Seine Kliff-Kartoffeln stellten die bekannten aus Samsö weit in den Schatten. Er baute festkochende Knollen an. Es gab jedoch auch Jahre, in denen er eine Reihe mehlige anbaute. Da waren ältere Leute zu ihm gekommen, die aus Pommern vertrieben oder von der schwäbischen Alb nach Norddeutschland gezogen waren und dringend mehlige Kartoffeln für Klöße oder Schupfnudeln suchten. Pelle hatte für solche Wünsche ein offenes Ohr und baute gerne eine Reihe Extrakartoffeln an.

Ellis hätte Pelle gerne noch zu dem neuen Konzept der „Hamburger" befragt. Sie hatte gehört, dass auch Mads mit von der Partie war. Sie freute sich über den frischen Wind, der die Kliffer durcheinander wirbeln würde und unterstützte die Pläne der jungen Leute. Vielleicht würde auch sie in dem Projekt eine kleine Rolle finden.

Ellis wandte sich zum Gehen, denn sie wollte mit ihrer Freundin Tanne den Ablauf des Abends besprechen. Beide hatten Karten für die „Anatol"-Aufführung im Flensburger Stadttheater ergattert und wollten an diesem Abend losziehen, um sich dank Arthur Schnitzler zu bilden. Sie winkte Pelle zu, hob nochmals den Daumen und ging zum Kliff Nr. 3 hinunter.

Nachbarschaftshilfe

Eines Morgens Mitte März betrat Pelle das Vorkeimlager für seine Kartoffeln. Er bereitete den Gasbrenner vor, um den über den Winter ausgekühlten Raum aufheizen zu können, sobald die Pflanzkartoffeln auf ihrem Platz waren. Dann prüfte er die Neonröhren an der Decke, die er „mein kleines Mallorca" nannte. Schließlich sollten seine ausgewählten Kartoffeln in den nächsten fünf bis sechs Wochen unter der „mallorquinischen Sonne" Triebe entwickeln.

Danach rief Pelle bei seiner „Vorkeimtruppe" an und bestellte sie für den nächsten Vormittag um zehn. Da war zum einen Tanne. Sie hatte immer Zeit, wenn Pelle sie fragte und stellte sich bei seinen Einweisungen – egal, um welche Arbeit es sich handelte - ganz passabel an.

Tanne Hinrichsen freute sich über den Anruf. Im Gegensatz zu ihrem vorigen Beruf war die Arbeit bei Pelle die reinste Erholung. Bis vor sechs Jahren hatte sie an einem Flensburger Gymnasium versucht, als Lehrerin den Schülern deutschsprachige Literatur näherzubringen. Davon musste sie sich seit Beginn ihres Ruhestandes erholen.

Nun hatte Pelle sie wieder für seine Vorkeimkartoffeln auserkoren und sie freute sich auf den nächsten Morgen.

Auch der zweite Vorkeimgehilfe half gerne. Es war Knut aus Kliff Nr. 4. Auch er liebte es, von Pelle gefragt zu werden und sich landwirtschaftlich zu betätigen.

Er war der letzte, der bei den Kliffern eingezogen war. Obwohl das alte Fischerhaus, in dem er geboren wurde, malerisch unten am Strand stand, hatte er sich für das Wohnen am Kliff entschieden. Er war die fünfte Generation von Fischern. Knuts Vater, Gonde Johannsen, war der berühmteste Aalstecher von Wackerup gewesen. Er war schon lange tot. Als seine Frau auch noch starb, wurde Knut das Fischerhaus zu groß. Er fand einen Käufer, einen Architekten aus München, der eine Unsumme für diese Traumlage geboten hatte.

Durch den Verkauf des Fischerhauses konnte Knut beruhigt in die Rente schippern. Er nahm nur Arbeitsaufträge an, die er sich aussuchen konnte. Auf dem Witthus-Hof half er aus, wenn Not am Mann war. Er mochte den Bauern Pelle Witthus und hatte ihn durch mehrere familiäre Stürme als Freund begleitet. Knut machte nie viele Worte, aber wenn er etwas lauter wurde und „Jetzt ist aber mal gut" sagte, dann wussten alle, dass sie innehalten und irgendwie ihren Kurs ändern mussten.

Tanne und Knut schafften es am anderen Morgen, pünktlich um zehn Uhr am Sortierband zu stehen, um die nächsten drei Tage Kartoffeln mittlerer Größe herauszufischen. Sie stapelten sie in zwei Lagen in die Keim-Kisten. Pelle stellte freudig fest, dass die beiden seit dem letzten Jahr nichts verlernt hatten und mit Spaß an das Sortieren gingen. Er fuhr die befüllten Kisten in das Keimlager und schichtete sie so, dass sie überall vom Neonlicht angestrahlt wurden.

Als sie am dritten Tag spätnachmittags die Arbeit beendet hatten, sagte Knut zu den Kartoffeln: „So ihr lieben Knollen, nun keimt mal schön! Im April sehen wir uns wieder. Dann kommt ihr aufs Feld."

Dann folgte er Pelle und Tanne in die Küche des Hofes. Dort hatte Pelle schon Käse- und Wurststullen vorbereitet, die von allen gerne genommen und mit einem Bier hinuntergespült wurden. Knut, der den knurrenden Magen tagsüber mit Chips und Cola beruhigt hatte, langte kräftig zu. Als nichts mehr zu essen auf dem Tisch stand, verabschiedete er sich und hob die Hand: „Moin!" Er verriet nicht, dass er zum Wackeruper Hafen fahren wollte, um sich dort in der „Fördeperle" noch einen Nachtisch in Form eines Schnitzels zu gönnen.

„Schönen Abend noch. Ich schreib euch die Stunden auf euer Konto", rief Pelle ihm nach und zeigte mit dem Wurstbrot auf die Zettel, die mit Tesafilm am Kühlschrank befestigt waren. Neben „Lohnabrechnung für Knut und Tanne" hingen dort noch zwei Zettel mit „Bier ist alle" und „Zahnarzt am 18. März".

„Dann gehe ich auch mal", sagte Tanne und räumte noch das Geschirr in den Geschirrspüler.

Pelles Tagebuch, 15. März 2019

Das klappte heute sehr gut mit dem Sortieren. In vier Wochen kommt die „Ariane" in die Erde. Die vorgekeimten Kartoffeln werden schneller wachsen als die „rote Dora", die Mads pflanzen will. Er plant, sie Anfang April direkt aus dem Sack in die Erde zu bringen. Und dann warten wir ab und entweder hilft uns beiden Petrus oder keiner.

In zehn Tagen kommen die „Hamburger" und teilen die Zimmer in meinem Haus auf. Ich habe darauf bestanden, dass ich meinen gesamten Wohnbereich behalten kann, mein Wohnzimmer, mein Schlafzimmer und mein Büro, das zugegebenermaßen nur die Aufbewahrungsstätte für die Rechnungskartons ist. Mitten in diesem Kartonlager steht allerdings mein Mittagsstundensofa, auf das ich mich in Stallklamotten legen kann, dessen Geruch mir Trost bietet und das mich in den Schlaf schaukelt.

Morgen kommen die Sauen auf die Koppel. Das wird ein Schauspiel.

Pelles Tagebuch, 16. März 2019

Heute Morgen ließ ich meine drei Sauen auf die Graskoppel hinter dem Haus. Ich hatte mir vorgenommen, die akrobatischen Sprünge auf Video aufzunehmen und brachte mein Handy in Stellung. Zuvor hatte ich im Sauenstall einige Apfelscheiben gestreut und die Tür nach draußen angelehnt. Die Schweine waren zunächst mit den Apfelschnitzen beschäftigt, doch bald merkten sie, dass die Tür nicht verschlossen war.

Ich stand unter dem Mirabellenbaum, Handy aufnahmebereit, als Gesine, Wiebke und Jule die Stalltür aufstießen und sofort lostrabten. Dann begann das jahrelang beobachtete Schauspiel: Die Drei vollführten Freudensprünge, die man bei ihrem Gewicht nicht vermutet hät-

te. Sie drehten Kapriolen, Pirouetten und wussten nicht wohin mit ihrer Freude. Ich war von diesem Anblick ganz benommen. Ich kann mich nicht erinnern, selbst mal solch eine Euphorie verspürt zu haben. Das Video ist jedenfalls gelungen und hilft mir sicher in Zukunft, über schwere Stunden hinwegzukommen.

Zukunftsmusik

Pelle fand, dass die „Hamburger" bei ihm einfielen wie die Sommertouristen in Wackerup. Wenn sie nicht gerade die Zimmer ausmaßen oder mit den Glasfaserleuten telefonierten, setzten sie sich an den Küchentisch und diskutierten ihre Pläne. Pelle hatte den Eindruck, dass viele Ideen in den Ring geworfen wurden, bis auf die Landwirtschaft stand jedoch noch nichts auf festen Beinen. Bettys „Learning by doing" bereitete ihm Kopfschmerzen.

Eines Abends saß er mit Tanne und Knut in der Küche und Pelle teilte ihnen seine Befürchtungen mit:

„Die jungen Leute haben viele Pläne, wenn nur ein Drittel davon gut wird, ist schon etwas gewonnen. Betty versucht, hier alles zu verändern und hat doch von Ackerbau und Viehzucht keine Ahnung. Jeden Tag kommt sie mit einer neuen Idee. Ich bin gespannt, womit sie heute wieder kommt."

Als hätte Betty geahnt, dass über sie gesprochen wurde, betrat sie mit verschlafenen Augen die Küche.

„Na, Mittagsstunde am Abend beendet?", stichelte Pelle. „Und wieder über neuen Projekten gegrübelt?"

„Wieso?"

„Du siehst so – wie soll ich es diplomatisch sagen – noch nicht so ganz entfaltet aus."

„Du hast mich durchschaut, Papa", antwortete Betty. „Ich habe eine neue Idee."

„Bei welchem unausgegorenen Plan ist meine Mitwirkung wieder gefordert?"

Betty war ungerührt: „Ich trage mich mit dem Gedanken, die Idee mit den Alpakas aufzugreifen."

Pelle lachte ungläubig auf. Tanne und Knut verhielten sich abwartend.

„Na, dann bleibst du wenigstens in den Anden. Erst Kartoffelanbau und nun Tierhaltung - wie in den Anden. Klimatisch ist das ja fast dasselbe wie hier oben auf dem Kliff."

Pelle hatte von Mads erfahren, dass er eine alte Kartoffelsorte, die ihre Vorfahren in den Anden hatte, wiederbeleben wollte. „Die rote Dora" mit ihrem nussigen Aroma war der Renner auf den ökologischen Märkten in Norddeutschland und durfte in keiner alternativen Küche fehlen.

Inzwischen waren auch Frieda und Mads in der Küche erschienen. Sie fragten höflich, ob sie sich dazusetzen durften. Ihnen war die Disharmonie am Küchentisch nicht entgangen. Die drei Einheimischen rückten zur Seite, damit die beiden Neubürger ihre Stühle dazwischenschieben konnten.

„Wie weit seid ihr?" fragte Knut. „Wann geht euer Projekt los?" Bei dem Wort Projekt krallte er mit jeder Hand Anführungszeichen in die Luft.

Mads antwortete: „Mein Plan steht. Ich weiß, was ich dieses Jahr anbauen möchte und habe schon Kontakte, wie ich mein Gemüse vermarkten kann."

„Bis auf die Landwirtschaft sind wir allerdings noch in der Findungsphase", sagte Frieda und blickte zu Betty hinüber.

Diese erklärte ihren Plan: „Ich habe die Zielgruppe der Städter im Auge, die auf dem Land Idylle und Entschleunigung suchen. Also ausgebrannte Lehrerinnen, Manager und IT-Leute, aber die Idee muss wohl zurückstehen zugunsten der Mietgärten."

„Ihr wollt den Ausgebrannten heile Welt verkaufen?", fragte Tanne.

Betty wehrte ab: „Keine heile Welt. Sie sollen einfach in einen Rhythmus von körperlicher Arbeit und Ruhephasen kommen. Ich denke an Leute, die den ganzen Tag am Schreibtisch sitzen und einen Ausgleich brauchen. Außerdem bekommen sie ein Feeling für die Landwirtschaft und dass das Leben auf dem Land nicht in einem Hof-Café am Wochenende stattfindet."

„Die könnten mir beim Steine sammeln helfen und abends könnten sie dann am Strand abhängen und ihre Blasen ins Salzwasser halten", schlug Pelle vor.

„Ich spinne die Idee mal weiter", grinste Knut. „Wir lassen sie einen Tag Steine sammeln, dann sind sie schon mal mürbe. Einer von uns fährt am anderen Morgen die Steine zu einer anderen Koppel und verteilt sie dort wieder. Dann kann das Steine sammeln wieder von vorne losgehen. Und dafür zahlen die Manager dann auch noch Geld."

Tanne kicherte: „Wie heißt es so schön? Hier werden Sie geholfen!"

Mads blieb ernst. „Sie können bei der Ernte mithelfen, beim Strohfahren und auf dem Kartoffelroder", warf er ein. „Einfach unsere tägliche Arbeit unterstützen. Damit sie erfahren, wie Lebensmittel entstehen, dass man grüne Kartoffeln vom Sortierband sammelt und dass sie mit uns zittern, wenn beim Strohfahren ein Gewitter aufzieht."

Pelle war skeptisch: „Ich weiß nicht, ob sich dadurch die Kluft zwischen Stadt und Land verringern lässt. Was sagte letztens einer beim Bauernverband über die Städter: Sie säen nicht, sie ernten nicht, aber haben zu allem eine Meinung. Das schlechte Image der Bauern wird von den Stadtleuten befeuert."

Betty redete sich in Rage: „Genau das wollen wir doch ändern. Hinter der Idee der Mietgärten steckt, dass wir Leuten aus der Stadt, die keinen Platz zum Gärtnern haben, eine Parzelle anbieten, auf der sie selbst Gemüse anbauen können. Wir teilen die Ackerfläche von Norderfeld in Stücke auf und vermieten die Flächen", schlug sie vor. „Wir kommen in direkten Kontakt und sie lernen von uns, Gemüse oder neue Dinge anzubauen und wir vom Land hören uns an, was sie zu sagen haben. Es ist doch nicht verkehrt, dass sie gesunde Lebensmittel möchten und Tiere, die artgerecht gehalten werden. Da müssen wir schon genau hinhören und nicht nur sagen, dass sie keine Ahnung haben, aber mitmischen wollen."

Pelle schwieg.

Frieda, die bisher nichts gesagt hatte, mischte sich nun auch ein: „Ich bin gelernte Köchin und habe den Plan, dass ich für die Mahlzeiten der helfenden Hände sorge, das Gemüse verarbeite und für die Parzellen-Leute Kaffee und

Kuchen anbiete. Vielleicht kann ich das mit der Zeit zu einer Art Treffpunkt von Stadt und Land ausbauen."

Knut fand die Idee von Frieda nicht übel, er überlegte, ob sie in ihr Konzept vielleicht frischen Fisch einbauen könnte.

„Das Zusammenführen von Stadt und Land ist ja nicht verkehrt", nahm Tanne den Faden wieder auf. „Aber das mit den Parzellen funktioniert mit Familien aus Hamburg, die in engen Verhältnissen leben, nicht aber mit Familien aus dem wesentlich kleineren Flensburg. Da bin ich skeptisch."

Doch Knut wiegte den Kopf hin und her und fand, dass die Pläne gar nicht so schlecht klängen. Ein wenig mehr Trubel auf dem Kliff konnte doch nicht schaden.

„Und wenn wir dann nächstes Jahr einen Co-working-Space einrichten.", sagte Betty.

„Einen Kuh--- was?" fragte Knut.

„Im Großen und Ganzen geht es darum, dass ein Arbeitsplatz geboten wird für Menschen, die nicht an ein Büro gebunden sind, sondern flexibel arbeiten möchten, die sich für eine gewisse Zeit einen Platz suchen, an dem sie Arbeit und Freizeit miteinander verbinden können."

„Dafür bietet sich das Kliff förmlich an. Tagsüber arbeiten und in den Pausen oder nach der Arbeit die Seele am Strand baumeln lassen oder surfen", ergänzte Frieda.

„Es ist bisher noch eine Idee auf dem Papier. Das wollen wir erst im nächsten Jahr angehen."

„Klingt alles gar nicht so übel", sagte Knut. „Aber nun mal Butter bei die Fische, wie soll das konkret aussehen? Wo sollen die Leute wohnen? Wollt ihr die alle hier auf dem Witthus-Hof unterbringen?"

„Keine Sorge", sagte Betty. „Ich habe bereits bei Wolfe Kremmler gefragt, er würde sie in Wackerup in seiner „Förderperle" beherbergen. Übernachtung mit Frühstück. Co-working-Gäste fangen mit der Arbeit an, wann sie wollen, aber die geplante „Manager- Gruppe" würde Wolfe um neun Uhr in Wackerup losschicken. Dann wären sie um halb zehn hier."

„Dann fängt die Entschleunigung bereits beim Fußmarsch an", unkte Knut.

Pelle stöhnte: „Bis die von Wackerup auf dem Kliff sind, ist die meiste Arbeit bei uns doch schon getan. Wo sollen sie dann noch Hand anlegen?"

„Das lass mal meine Sorge sein", sagte Mads. „Arbeit gibt es auch nach halb zehn Uhr morgens noch genug. Acht bis zehn Leute bekomme ich locker beschäftigt. Und wenn ich sie zum Distelausstechen schicke.

„... oder zum Melde- und Senfausreißen. Ich höre die Kartoffelpflanzen schon aufatmen, wenn das Unkraut sie nicht mehr niederdrückt." Tanne war in Fahrt. „Und danach schickst du sie zu mir in den Giersch."

Frieda mischte sich nun auch ein. „Ich dachte daran, dass sie nicht nur zum Arbeiten kommen, sondern sich zwischendurch auch erholen können. Und da kommt meine Idee des ‚Hofrundgangs der Stille' ins Spiel."

Sie lachte über die fragenden Gesichter.

„Die Gäste sollen den Hof mit allen Sinnen wahrnehmen. Am besten geht das, ist meine Meinung, wenn sie dies in der Stille tun."

„Wer soll denn diese Führung übernehmen?", fragte Tanne belustigt. „Betty du? Du schnackst doch von morgens bis abends."

Frieda ließ sich nicht beirren: „Seit ich das Seminar ,Der Wohl-Fühl-Hof' mitgemacht habe, bin ich überzeugt von dem Konzept. Die Gäste werden schweigend durch den Stall dirigiert, dürfen den Schweinen über die Borsten streichen. Dann geht es weiter zu den Schafen. Die müssten wir dann anschaffen."

„Oder Alpakas", warf Betty ein.

„Auch Alpakas. Alle dürfen ihnen mit allen Sinnen die Wolle kraulen, die Ziegen dürfen sie vorsichtig an den Hörnern packen und so weiter. Aber alles schweigend. Ich sage Euch, die gestressten Großstädter werden es lieben!"

„Und das ist eine Marktlücke?", fragte Tanne.

„Du glaubst es nicht. Natur pur und Wahrnehmen mit allen Sinnen ist wieder total angesagt. Dafür zahlen die Leute."

„Die könnten doch auch am menschenleeren Naturstrand schweigen und runterfahren."

Betty lachte: „Theoretisch schon. Aber viele Menschen legen heutzutage mehr Wert auf eine geführte Stille, um es mit anderen zu erleben. Und zahlen dafür auch gerne."

„Und wie erfahren die Leute die Realität? Dass Rinder und Schweine irgendwann zum Schlachter gehen? Dass ein Schwein zu Wurst verarbeitet wird?"

„Papa, das muss ja nicht unbedingt beim Hofrundgang der Stille sein, oder?", schnappte Betty zurück.

„Ich muss jetzt los zu meinen Schweinen", beendete Pelle das Gespräch. „Meine Tiere müssen heute mit allen Sinnen gemistet werden."

„Na dann schweig mal schön", lachte Knut, trank sein Bier aus und klopfte auf den Tisch. „Ich geh dann auch. Schönen Abend noch." Tanne schloss sich ihm an.

Betty, Frieda und Mads blieben noch sitzen.

„O je, Zukunftsvisionen gleich null. Und was machen die Alten erst, wenn wir uns so richtig zukunftsfähig aufstellen?", fragte Mads in die kleine Runde.

Die jungen Frauen zuckten mit den Schultern.

„Beim Thema Digitalisierung fallen die doch in Ohnmacht. Und von selbst lernenden Systemen und Smart Farming kriegen die im günstigsten Fall nur Pickel."

Pelles Tagebuch, 25. März 2019

Die jungen Leute haben manchmal verrückte Ideen. Da kann ich nur den Kopf schütteln. Ich habe gestern allerdings im „Bauernkurier" einen Artikel gelesen, der die Theorie von Betty bestätigt hat. Firmen schicken tatsächlich ihre Manager zum Anti-Stress-Programm auf den Bauernhof. Die Expertin einer norddeutschen Landwirtschaftskammer sieht hier eine neue Einkommensquelle für die Landwirtschaft. Ich sehe die Erholungsuchenden schon vor meinem geistigen Auge, wie sie auf Strohballen sitzen und mit mir über Massentierhaltung, Pflanzenschutz und Naturschutzaufgaben fachsimpeln wollen. Das kann Mads mal übernehmen.

Allerdings muss ich zugeben: Mit den jungen Leuten geht es besser als erwartet. Als sie am vergangenen Dienstag mit vier Bullys und mehreren Kumpels auf den Hofplatz gefahren kamen, musste ich erst schlucken. Sie teilten sich die Arbeiten auf, räumten die Möbel aus den Zimmern und deponierten sie in einer Scheunenecke. Sie tapezierten, malten, schrubbten die Holzböden und

Frieda kochte für die gesamte Gruppe. Ich wurde zu den Mahlzeiten eingeladen und finde immer mehr Gefallen an Bettys Freundeskreis und an regelmäßigem Essen.

Am Wochenende kommt ein Lastwagen und bringt die ersten Möbel. Am wichtigsten ist allen, dass sie so schnell wie möglich an das Internet angeschlossen werden. Ohne Internet können sie ihren Plan vergessen, meint Betty.

Das Lied mit den Alpakas ist noch nicht ausgesungen.

Mads fragte mich letztens, wann wir einen Termin zwecks Anbauplan und Feldbestellung machen könnten. Einen Termin! „Das machen wir in den nächsten Tagen bei einem Glas Grog", habe ich geantwortet und er lachte etwas verlegen, stimmte aber zu.

Pelles Tagebuch, 29. März 2019

Betty und Mads haben heute ihre Zimmer bezogen. Betty hat sich in den letzten Tagen ihr Kinderzimmer wieder hergerichtet und Mads hat wieder das alte Nähzimmer meiner Mutter bezogen. Frieda kommt am Wochenende mit einem Möbelwagen. Dann ist mein Haus voll und die Reise in unbekannte Gefilde beginnt.

Ellis kam, um Mads' Zimmer zu bewundern und brachte ihm eine schön geschwungene antiquarische Tischuhr mit, die er sich gewünscht hatte. Er erinnerte sich an den dunklen melodischen Klang, der jede Viertelstunde anzeigte, als er noch Auszubildender auf dem Thadsen-Hof gewesen war. Der alte Thade hatte nichts dagegen, dass Ellis die Uhr für Mads mitnahm. Thies hat wohl nur die Stirn gerunzelt, als er von Mads' Einzug hörte. Er macht keine Anstalten, seinen Sohn zu sehen. Alleine die Vorstellung, dass Mads nun hier bei mir in die Landwirtschaft einsteigt, lässt seinen Wutpegel bestimmt anschwellen.

P.S. Die Pläne, die Mads mir beim Grog unterbreitet hat, klingen vernünftig. Er hilft mir dieses Jahr bei der Ernte und will auf 2 Hektar Brachland die „rote Dora" anbauen, und dann sehen, wie die Vermarktung läuft. Zudem werden ab nächster Woche die Parzellen für die Städter hergerichtet. Betty wird durch Anzeigen, Facebook und Aushängezettel eine Werbekampagne für „Miete dir dein eigenes Feld" starten.

April

Knut und Asmus, zwei Fördefischer

Es war ein kühler Aprilmorgen. Wie jeden Montag liefen die beiden ehemaligen Fördefischer Knut Johannsen und sein Freund und früherer Berufskollege, Asmus Thomsen, mit ihrem betagten Kutter „Martha II" aus. Sie ließen sich Zeit mit allen Handgriffen, die zum Losschippern nötig waren, denn jetzt waren sie in Rente und hatten ihren Rhythmus um zwei Gänge heruntergeschaltet. „Uns jagt ja keiner", war das Lebensmotto von Knut geworden und Asmus ergänzte, wenn es jemand hören wollte, dass ihre Tour jetzt „just for fun" wäre.

„Asmus, die Heringe warten förmlich darauf, in den Netzen ein Tänzchen für uns aufzuführen", sagte Knut.

„Jo, ich komme mit."

Beide hatten sich verständigt, in der Förde zu bleiben und ihre Netze nicht mehr weit draußen durch die Ostsee zu ziehen. Da wusste man nie, was auf einen zukam. Draußen mussten sie immer auf der Hut sein, es könnte sich Kriegsmunition darin verfangen.

Es war Anfang April. Der Hafen lag ruhig da, nur zwei kleine Segelboote waren schon ins Wasser gezogen worden. Sie brauchten nicht auf das Slippen zu warten. Die beiden Fischer liebten diesen milden Frühling. Für badende Touristen war es noch zu früh. Es gab jede Menge Platz im Hafen und die Strände waren menschenleer. Nicht wie in den Sommermonaten, wenn hier Boot an Boot lag und sie so manches Anlegemanöver von einigen Seglern nur mit einem Kopfschütteln begleiten konnten. Alte Segelhasen schafften es ohne Mühe, ihr Boot zum schmalsten Liegeplatz zu bugsieren, doch vor allem unerfahrene Touristen kurvten manchmal im Hafen herum, dass es einem Angst und Bange wurde.

Jetzt im April fuhr noch kein Ausflugsdampfer von Wackerup nach Dänemark, und so blieb die kleine Landungsbrücke leer und auch die Kontrolleure, die sich die Pässe der Gäste inzwischen wieder genauer ansahen, waren nicht vor Ort. Im Sommer herrschte hier Hochbetrieb und die Kontrollen waren streng. Es sollte sich kein Flüchtling über die Grenze mogeln. Obwohl alle wussten: Spätestens beim Anlegen im dänischen Sonderborg hätten Polizisten oder Zollbeamte ihn herausgefischt. Sie kontrollierten seit Neuestem wieder die dänischen Häfen. Und seit der Grenzzaun, den die Dänen gegen Wildschweine errichtet hatten, die Landschaft durchschnitt und den Wildwechsel verhinderte, hörte man nicht mehr viel von „illegalen" Grenzübertritten von Geflüchteten. Der Zaun sorgte übrigens beiderseits der Grenze für Erheiterung, denn jedem war bekannt, dass Wildschweine, würden sie es darauf anlegen, locker über die Förde schwimmen und die dänische Seite okkupieren konnten.

Den beiden ehemaligen Wackeruper Fischern ging es heute aber nicht um den Wildschweinzaun, sie tuckerten an der Küste von Nordangeln entlang, um dort wie jeden Montag und Freitag ihre alte Tradition aufleben zu lassen und in Nostalgie zu schwelgen. Als sie endlich Rentner geworden waren, waren sie froh, dass sie ihren Beruf aufgegeben hatten, bevor die EU die Fangquoten für Dorsch und Hering wieder senkte. Nun drohte noch mehr Förde-fischern das Aus, denn von dem bisschen erlaubten Fang konnte doch niemand mehr leben. Diejenigen Fischer, die aufgeben mussten, konnten dann nur noch auf eine „Ab-wrackprämie" hoffen. Das waren düstere Aussichten. Und dazu noch die Kormorane, die im Flug die Heringe aus dem Wasser zogen und sich am Fischbüffet bedienten!

Die Sonne schien, der Fahrtwind war kühl. Vorbei ging es an kleinen Stränden mit feinen Sandstreifen. Im Sommer herrschte hier buntes Strandtreiben, manchmal passte zwischen die Handtücher der Badegäste kein Blatt Papier mehr. Die beiden erinnerten sich wehmütig an ein Duftgemisch aus Seegras und Sonnenmilch, das den Strand einhüllte, den Duft des Sommers, der vom Strand aufstieg. Nun fuhren sie an steinigen Buchten vorbei, an die sich niemand verirrte.

Als sie unterhalb des Kliffs ankamen, wurde der knat-ternde Motor zum Schweigen gebracht. Randby-Kliff war wie eine Bühne. Bei jeder Fahrt ging ein anderer Vorhang auf, wurde ein anderes Stück, das sich hier ereignet hatte, für die beiden Fischer noch einmal gespielt. Dabei mach-ten sie nie viele Worte um eine Geschichte, sie verstanden sich auch so. Wenn man Jahre zusammen auf Fang ging, dann ging die Verständigung ohne Geschwafel. Die beiden hatten alles miterlebt. Ob es sich um das Haus Nr. 1 han-delte, das in die Tiefe gestürzt war oder ob es um Pelles merkwürdige Frau Caro, seine Tochter Betty oder das Schicksal vom alten Thadsen ging. Die Geschichten vari-ierten. Knut und Asmus kannten sie alle.

Es war ihren Augen nicht entgangen, dass heute ober-halb des Witthus-Hofes, auf Norderfeld, etwas im Gange war. Mads zog mit dem Pflug seine Bahnen und Ellis fuhr mit der Kreiselegge hinterher.

„Sag bloß, Thies hat seiner Frau den größten Trecker überlassen, damit sie bei Pelle kreiseln kann. Da gab es sicher wieder heftige Debatten auf dem Thadsen-Hof. Ich würde zu gerne wissen, wie Ellis das hinbekommen hat", sagte Asmus. Das waren ja wieder Neuigkeiten für den Stammtisch in der „Fördeperle."

Knut konnte ebenfalls Neues beisteuern: „Die jungen Leute haben große Pläne. Sie wollen Mietgärten für Städter anbieten, damit die auf ihrem eigenen kleinen Acker Gemüse anbauen können."

Asmus war erstaunt. „Dafür gibt es Interessenten?"

„Und wie. Wie ich gehört habe, haben sich für das erste Treffen fast fünfzig Leute angemeldet. Betty hat überall Werbung gemacht. Heutzutage geht das ja nicht mehr über eine Zeitungsanzeige, sondern über soziale Netzwerke."

Asmus schüttelte den Kopf. Seine Welt war das nicht.

„Sind die Hamburger denn schon eingezogen?" fragte er.

„Hörst du nicht die Bohrmaschine?"

Tatsächlich waren vom Witthus-Hof her scharfe Töne und Hammerschläge zu hören. Die drei Neuen waren am Einziehen.

„Wir müssen mal weiter", sagte Knut. „Ich bin heute Nachmittag mit Pelle verabredet: Wir wollen in der Grimstofter Au Forellennachwuchs aussetzen."

„Wie das?"

„Der Wasser- und Bodenverband hat 2.000 Jungfische organisiert. Die bringen wir in großen Wassereimern zur Au und setzen sie dort ins Wasser. Ich hoffe nur, dass Pelles Hanomag nicht unterwegs schlapp macht."

Sie warfen einen letzten Blick auf die Kliffhäuser über ihnen und drehten ab, um bei den roten Fähnchen ihre Reusen zu kontrollieren. Der Hering war auf Wanderschaft und heute war die Beute vielleicht beträchtlich.

„Wenn nicht die Kormorane...“

Sie sammelten die Fische ein, die in den Fallen hingen und warfen sie in die mit Wasser gefüllte Wanne. Heute waren es Heringe, Klieschen und ein Butt, leider kein Aal. Die letzte Makrele, die sie gefangen hatten, es war lange her, die war mit einer halben Flasche Aquavit begossen worden. Die Ausbeute war heute nicht schlecht. Wie zu alten Zeiten verkauften sie ihre „Ernte“ direkt an den Gastwirt der „Fördeperle“, der bereits am Anleger wartete.

„Na, dann kann es mit meiner Fischwoche etwas werden“, sagte dieser zufrieden.

Pelles Tagebuch, 15. April 2019

Momentan stürzt sehr viel über mich herein. Die Hamburger sind nun bei mir eingezogen und haben angefangen, die Mietgärten vorzubereiten. Dieses Gewusel ist wirklich gewöhnungsbedürftig. Mit der Ruhe ist es vorbei. Ich habe meinen gesamten Wohnbereich erst einmal abgetrennt und die Tür verschlossen. Die jungen Leute würden nie bei mir eindringen, aber ich muss das Gefühl haben, dass ich noch einen eigenen Bereich habe. Zwischen ihren Zimmern und meiner Wohnung ist die Küche und sie ist sozusagen unser „Stammtisch“, an dem alles besprochen wird. Außerdem bekomme ich jetzt täglich ein Mittagessen serviert, das Frieda auf den Tisch zau-

bert und das aus einer gemeinsamen Kasse verwirklicht wird. Bettys Freunde sind angenehm, wenn sie nicht gerade mit Bohrmaschinen hantieren oder Nägel in die Wand schlagen. Ich musste ihnen erst einmal beibringen, dass zwischen eins und halb drei Mittagsstunde ist und dass das Schleifgerät dann schweigen sollte. Am letzten Wochenende kamen sogar zwei befreundete Handwerker aus Hamburg angereist. Der eine legte elektrische Leitungen, der andere installierte an zwei Tagen eine Dusche im Wohnbereich der Jugend. Ich war beeindruckt.

„Betty, woher hast du so schnell die Handwerker bekommen?", fragte ich.

„Papa, das ist ein Teil unseres Freundeskreises, eine eingeschworene Clique in Hamburg. Sie besteht aus Handwerkern und Kreativen. Die helfen sich gegenseitig und wenn man einige davon kennt, dann kann man Hilfe bekommen. Wenn du möchtest, machen die auch deinen alten Hanomag wieder flott."

Muss ich mir erst einmal durch den Kopf gehen lassen.

„Parzelle Pelle"

Mads hatte es endlich geschafft, seinen Wohnsitz beim Einwohnermeldeamt anzumelden. Die Sachbearbeiterin auf dem Amt hatte Zeit und wollte genau wissen, warum er ausgerechnet zu „den Alten" ans Kliff ziehen wollte. Freiwillig. Doch der junge Mann hatte es eilig.

„Gutes Breitbandnetz", murmelte er, unterschrieb den Antrag und verabschiedete sich, denn das Parzellen-Projekt musste vorangetrieben werden.

Das erste Treffen der zukünftigen Gärtnergemeinschaft war erfreulich über die Bühne gegangen. Es hatte sich bewährt, dass Mads und Pelle in Windeseile oberhalb von Norderfeld einen großen Parkplatz geschaffen hatten, der die vielen Autos aus der Stadt aufnahm. Viele Interessenten waren auch mit dem Fahrrad gekommen oder zu Fuß von Randby herunter gewandert. Ellis hatte sich angeboten, die Ströme zu lenken, was Pelle ihr hoch anrechnete, denn er wusste, dass sie bereits ihre Silberhochzeit vorbereitete und eigentlich keine Zeit hatte.

Als sich alle in der Scheune versammelt hatten, begrüßte Betty die zukünftigen Parzellenfreunde, stellte die Hofbewohner vor und erntete den ersten Lacher, als sie ihren Vater als Namensgeber für das Projekt vorstellte: „Parzelle Pelle". Diesem rutschte fast das Herz in die Hose, als Betty die erste Frage an das Publikum stellte: „Mag einer uns mal sagen, welche Beweggründe er hat, eine Parzelle zu mieten?" Auf solch einen sozialpädagogischen Ansatz war er nicht vorbereitet. Doch die ersten meldeten sich schon:

„Ich schaffe mit meinen Händen ein sichtbares Ergebnis."

„Die Landluft tut mir gut und ich weiß, woher das Gemüse kommt."

„Mein Mann und ich haben endlich wieder ein gemeinsames Ziel."

„Den Kindern wird die Natur näher gebracht", sagte eine junge Mutter und ihr pubertierender Sprössling murmelte: „Ich geh lieber surfen. Der Strand ist ja gleich hier unten."

Ein Mittvierziger meldete sich: „Ich kann beim Unkrauthacken meinen Stress abbauen."

Das rief Mads auf den Plan, der anbot, an einem Wochenende einen Vortrag über Unkraut und Beikräuter zu halten.

Betty bedankte sich für die Eindrücke und fuhr im Programm fort.

Pelle war erstaunt, wie souverän seine Tochter die Versammlung von nahezu fünfzig Interessenten leitete. Viele Menschen waren aus Neugierde gekommen. Betty und Mads beantworteten alle Fragen zu Anbau, Ernte und Lagerung mit Ruhe und Gelassenheit und sorgten für eine regelrechte Aufbruchstimmung. Besonderen Beifall erhielt sie für die vorgetragenen Prinzipien des Projektes: keine Unkrautbekämpfungsmittel, keine Abgrenzungssteine zwischen den Beeten, keine Gartenhäuser, keine Hunde und Grillen nur an der großen Feuerstelle hinter der Witthus-Scheune.

Als Betty sagte, dass auch keine mineralischen Stickstoffdüngemittel zugelassen würden, meldete sich ein älterer Herr.

„Kein Blaukorn?"

„Nein, kein Blaukorn."

„Das gibt dem Gemüse doch erst den richtigen Schub", meinte der Düngeexperte, der sich als Dr. Kinkel-Kiehne vorgestellt hatte. Er wurde von allen Seiten angezischt und verstummte. Betty war sich sicher, dass ihn die Nachbarn seiner zukünftigen Parzelle im Auge behalten würden.

Bevor die Versammlung zum Acker „Norderfeld" aufbrach, um ihre kleinen Felder in Augenschein zu nehmen, mussten die Interessenten bei Tanne, die mit leuchtenden Augen der Versammlung gefolgt war, ihre Daten und ihre „Kenntnis-Kategorie" angeben. Diese reichte von „noch nie gegärtnert" bis „Profi-Gärtner." Außerdem wurde erfasst, ob sie eigene Geräte und gentechnikfreie Pflanzen mitbringen oder sich auf dem Witthus-Hof eindecken wollten. Einige brauchten noch Bedenkzeit.

Danach machte sich die gut gelaunte und Pioniergeist ausstrahlende Schar auf den Weg zu den Parzellen, defilierte am eigens dafür gelegten Wasseranschluss und am Grillplatz vorbei, um sich die unterschiedlich großen, abgesteckten Gartenstücke anzusehen und sich auf einem ausgelegten Plan einzutragen. Zum Schluss erläuterte Mads noch, dass das ganze Parzellen-Areal eingezäunt werden sollte, damit sich weder Rehe noch Wildschweine am Gemüse bedienen konnten.

Als die Versammlung sich aufgelöst hatte, trafen sich alle Kliffer zum Feierabendbier in der Witthus-Küche. Ellis und Tanne waren voll des Lobes für diese gelungene Zusammenkunft und sogar Pelle nickte anerkennend. Knut zauberte eine Flasche „Möwenschrei" aus seiner Jackentasche und Frieda holte schnell die Schnapsgläser aus dem Schrank.

„Auf die Parzelle Pelle", rief Mads lachend und alle fielen ein:

„Auf die Parzelle Pelle! Prost!"

„Leute, ich muss in den Stall", sagte Pelle, bevor es zu hyggelig wurde. „Meine drei Damen warten auf das Abendbrot."

Als Betty abends im Bett lag, war sie glücklich über den Verlauf dieses Tages. Die Entscheidung, auf dem Hof ihres Vaters etwas Neues, Kreatives aufzuziehen, fühlte sich richtig an.

Mit dem heutigen Tag und der Parzellentaufe hatte ein neues Kapitel in ihrem Leben begonnen.

Schietsammeln

Ende April bekam Pelle einen Anruf von Bürgermeister Claus-Hermann Clausen, der überall nur „Claus Sack" genannt wurde. Den Beinamen hatte er auf einem Dorffest bekommen, als er morgens um drei in einen vom Sackhüpfen der Kinder übrig gebliebenen Jutesack schlüpfte, weil er vom Morgentau kalte Füße bekommen hatte. Später ging jedoch das Gerücht um, dass er sich bereits zuhause wähnte und den Sack mit seiner Bettdecke verwechselt hatte. Gegen Morgen, es wurde bereits hell, hatten ihn zwei Feuerwehrkameraden aus dem Sack geschält, untergehakt und bei seiner mürrisch-verschlafenen Frau abgeliefert. Aber das war Schnee von gestern.

„Pelle, wir wollen am Samstag in der Gemeinde Schiet sammeln", sagte Sack. „Zu Pfingsten soll alles schier sein. Der Wetterbericht ist gut. Könntest du dich mit deinem Trecker plus Anhänger beteiligen?" Er fügte hinzu: „Du bekommst auch eine kleine Aufwandsentschädigung."

Betonung liegt auf „klein", dachte Pelle, der an diesem Wochenende eigentlich Ackerarbeit geplant hatte. Doch er sagte:

„Ok, ich komme mit meinem Hanomag. Den großen Trecker kann ich nicht mehr umbauen, da hängt schon der Striegel dran."

Der Bürgermeister war erleichtert: „Dann habe ich endlich die vier Trecker zusammen. Für jede Himmelsrichtung einen. Es geht wie immer um zehn Uhr am Feuerwehrhaus los."

„Ich werde kommen", sagte Pelle und dachte wie jedes Jahr: Ich bin immer dabei. Im nächsten Jahr können aber mal andere ran.

Das Gemeindeoberhaupt war noch nicht fertig: „Vielleicht haben deine jungen Leute ja Lust, sich mal im Dorf zu engagieren. Da können sie bei einer sinnvollen Aufgabe die Ureinwohner kennenlernen. Du kannst sie damit locken, dass es hinterher Suppe und Bratwurst gibt. Für umsonst."

„Ob die darauf so abfahren, weiß ich nicht", antwortete Pelle. „Es sei denn, die Bratwurst ist vegetarisch."

Pelle hörte förmlich, wie Claus-Hermann sich schüttelte.

„Dann sollen sie lieber bleiben, wo sie sind. Wir machen keine Sondermätzchen. Also, bis Samstag um zehn."

Als die jungen Leute am folgenden Tag aufgestanden waren und beim Frühstück saßen, unterbreitete Pelle ihnen die Gedanken des Bürgermeisters. Wider Erwarten waren sie nicht abgeneigt. Sie hatten nichts dagegen, sich dem Dorf als Schietsammler zu präsentieren und mit Vorurteilen aufzuräumen.

„Mads, du musst mir helfen, den Hanomag klarzumachen."

Am Samstag um zehn vor zehn stiegen sie bei Pelle auf den Anhänger, bewaffnet mit Handschuhen, Harken und großen Müllbeuteln. Sie tuckerten hinauf nach Randby und fühlten sich wie ein rumänischer Spargelstechertrupp, für den Handarbeit kein Fremdwort war. Statt Spargel ins Körbchen zu legen wurden eben Bierdosen, Flachmänner und Hundebeutel eingesammelt und in die Mülltüten gestopft. Sie staunten nicht schlecht, als sie beim Feuerwehrhaus ankamen. Das ganze Dorf hatte sich hier wohl versammelt. Unmengen von Kindern wuselten durch die Gegend und mussten erst einmal davon abgehalten werden, die Anhänger der vier geparkten Trecker zu entern. Sie stritten sich, wer auf dem größten Trecker mitfahren durfte. Zu Pelles altem Hanomag stellte sich kein Kind.

Betty registrierte, dass neuerdings im Dorf offensichtlich auch ein Afrikaner und ein anderer Geflüchteter eine Bleibe gefunden hatten. Die beiden stellten sich zu den anderen und sagten laut „Moin".

Die Umstehenden guckten erstaunt und lachten dann los. Die beiden wurden verlegen, als sie im Mittelpunkt standen.

Pelle erklärte seinen Mitbewohnern, dass ungefähr zwanzig Geflüchtete in der ehemaligen Meierei wohnten. Das Gebäude war umgebaut worden und beherbergte Männer wie Frauen aus sechs oder sieben Ländern und verschiedenen Religionen.

Der Bürgermeister bat um Ruhe, hielt eine kleine Rede und bedankte sich bei seinem Volk für das zahlreiche Erscheinen. Er konnte es sich nicht verkneifen, die Neubürger zu begrüßen: „Liebe Leute, nun sind wir vollzählig, denn auch unsere Mitbürger vom Kliff sind soeben eingetroffen." Alle Köpfe wandten sich den Kliffern zu. Diese sagten im Chor „Moin" und hoben unisono die Hand wie bei einer Abstimmung. Ohne Gegenstimmen angenommen, dass die Neuen vom Kliff mitsammeln dürfen, dachte Betty.

„Dann kann es ja losgehen", fuhr Claus-Hermann Sack fort. „ Unser Feuerwehroberster Ludwig Cordsen teilt euch jetzt die Straßen zu, auch in der Umgebung von Randby. Pelle, du nimmst die beiden aus der Meierei in deinen Trupp. Dann seid ihr wirklich multikulti." Er lachte laut über seinen Scherz.

„Die Kliffer und die Meieristen, die Exoten im Dorf", sagte Betty halblaut. „Denen zeigen wir es mal so richtig." Sie ging hinüber zu den beiden Fremden, sagte „Moin" und „Ihr könnt mit uns kommen."

Erfreut über die direkte Ansprache folgten ihr die beiden, die sich als Yoni aus Eritrea und Wissam aus Syrien vorstellten. Und dann ging es los. Pelle hatte die Nordroute bekommen und seine Gefolgschaft sammelte die nächsten zwei Stunden den Müll ein, den die zivilisierte Menschheit aus dem Autofenster geworfen oder heimlich hinter Knicks abgeladen hatte.

Yoni ging mit Wissam hinter dem Anhänger her und wunderte sich wieder einmal über die Gewohnheiten der Deutschen. In der Meierei hatten sie gelernt, dass man den Müll in schwarz, braun, gelb und grün sortierte. Hier schienen andere Gesetze zu gelten, denn die Menschen hatten den Müll einfach in die Landschaft geworfen.

Heute war er froh, endlich mal aus dem Trott der Meierei herauszukommen. Dort wohnten Menschen, die unterschiedlicher nicht sein konnten: Frauen und Männer, Muslime und Christen, Kurden und Jesiden. Es gab immer wieder Konflikte, die lautstark ausgetragen wurden. Wegen Lärm, wegen Geruch, wegen Hygiene, wegen unterschiedlicher Glaubensrichtungen. Und doch hatte es auch Tage gegeben, an denen die ganze Gruppe Feste gefeiert und sich gegenseitig zum Essen eingeladen hatte. Das Verbindende war der erste Sprachkurs, den die meisten besuchten und in dem sie sich durch die schwierige deutsche Sprache kämpften. Yoni musste grinsen, als er an die erste Stunde bei Frau Groth-Hinrichsen dachte. „Zur Begrüßung sagt man in Deutschland guten Tag. Aber hier in der Gegend heißt das Moin, hatte die Lehrerin gesagt. Und weil Yoni dieses Wort mochte, fuhr er gerne mit seinem klapprigen Fahrrad durchs Dorf und rief allen Leuten, denen er begegnete, ein fröhliches „Moin" zu. Bei der Feuerwehr war Yonis Grüßen Thema an einem Übungsabend. Immerhin konnte einer aus der Meierei schon „Moin" sagen. Ging doch.

„Die Deutschen haben wohl Alkoholproblem", sagte Yoni, als er den zwanzigsten Feigling und die fünfte Wodkaflasche in seinen Müllbeutel stopfte.

„Sieht so aus", sagte Betty düster. Ihr Rücken schmerzte.

„Wir keinen Alkohol", sagte Wissam.

„Dann seid ihr wohl Muslime?" fragte Frieda.

„Ne, Wissam ist Moslem. Ich bin Christ", antwortete Yoni. „Wir Christen trinken auch kein Alkohol. Und kein Schweinefleisch essen wir."

Frieda brauchte Hilfe. Sie hatte hinter dem Knick vier Autoreifen entdeckt. Alle packten mit an.

Im Anschluss an die Schietsammel-Aktion trafen sich alle Sammler im Feuerwehrhaus zur traditionellen Erbsensuppe. Die beiden Flüchtlinge und die Kliffer wurden eingeladen und neben dem Feuerwehrobersten Cordsen platziert, der dafür sorgte, dass sie etwas zu essen und zu trinken bekamen. Das Bier lehnten sie ab, doch die Suppe wurde angenommen. Als Wissam jedoch nach dem ersten Suppenschluck fragte, von welchem Tier denn die Einlage wäre, sagte Ludwig kauend: „Ist Fleischwurst, vom

Schwein." Daraufhin mussten alle mit ansehen, wie Wissam den nächsten Schluck wieder in seinen Suppenteller spuckte und sich vor Ekel schüttelte. Er stand wortlos auf, ließ den Teller stehen und ging. Die Dorfbewohner sahen sich schweigend an und blickten dann auf Yoni, der ebenfalls nichts mehr aß. „Wissam ist Moslem, kein Schweinefleisch", sagte Yoni zu den Umsitzenden.

„Bist du auch Moslem?" fragte ihn Ludwig Cordsen.

„Nein, ich bin Christ. Aber wir in Eritrea auch kein Schwein essen. Ist schmutzig", versuchte Yoni eine Erklärung und dachte daran, dass in seinem Heimatland die meisten Schweine frei herumliefen und etliche Krankheitserreger in sich trugen, die keiner wollte.

„Bei uns sind die Schweine gesund", sagte die Frau des Wehrführers. „Kein Grund also, die Suppe abzulehnen. Außerdem ist das Fleischwurst, nicht mal richtiges Fleisch. Probier doch mal einfach, bevor du es ablehnst." Doch Yoni lehnte ab und weil es ihm unangenehm war, dass alle ihn anstarrten, sagte er „Danke", stand schnell auf und verabschiedete sich Richtung Meierei.

Betty wollte ihn noch zurückhalten, doch Yoni schüttelte ihren Arm ab.

„Könnt ihr sie nicht einfach in Ruhe lassen?", fauchte Betty die Frau des Wehrführers an. „Ich esse auch kein Fleisch. Ich bin Vegetarierin." Nun starrten alle auf ihren Tellerrand, an dem die Fleischwurststücke klebten. Genauso wie bei Frieda.

„Pelle, nun sag doch mal was. Du bist doch, du warst doch Schweinebauer. Wenn alle so denken, können die Mäster doch einpacken, oder?"

Pelle zuckte mit den Schultern: „Nützt ja nix. Jedem naa sien Möög."

„Dabei ist der Afrikaner angeblich Christ", behielt Frau Cordsen das letzte Wort und kam aus dem Kopfschütteln nicht mehr heraus. Sie packte ihre beiden Tupperdosen aus und füllte sie bis zum Rand mit dem Corpus delicti. Die Essensrunde wurde aufgelöst.

Tanz in den Mai

Wie jedes Jahr fand auch in diesem Jahr wieder der traditionelle „Tanz in den Mai" statt, seit Jahrzehnten der festliche Höhepunkt eines jeden Jahres.

Am 30. April wurde auf dem Dorfplatz der Maibaum aufgestellt, ein dünner, weiß gestrichener Stamm, der statt Krone einen bunt bebänderten Kranz trug. Der Baum war an vier Stellen von der Feuerwehr mit Ketten verankert worden. Früher tanzten Schulkinder einen eingeübten Reigen, heute hatten sie keine Lust mehr dazu. Also blieb dem Pastor nichts anderes übrig, als selbst zum Akkordeon zu greifen und „Der Mai ist gekommen" zu spielen. Danach begrüßte Bürgermeister Sack die Gäste und wies auf die alte Tradition des Maibaumaufstellens hin. Er hoffe, so das Dorfoberhaupt, dass dieses Jahr der Baum fest in Randbyer Hand bleiben würde. Letztes Jahr hatten junge Männer aus Wackerup den Baum geklaut. Vier Feuerwehrleute aus seiner Gemeinde mussten den Stamm mit einer Kiste Bier und zwei Flaschen Köm auslösen. Im Dorf wurde darüber gelacht, aber der Bürgermeister war sauer, als hätte er eine Wahlniederlage erlitten. Hinter vorgehaltener Hand wurde erzählt, dass er sich tatsächlich bei der Versicherung gemeldet hätte und seine Einwohnerschaft schmückte den Dialog weidlich aus:

„Kann ich unseren Maibaum gegen Diebstahl versichern?", fragte Claus-Hermann schlecht gelaunt bei der Versicherung nach.

„Nein, das geht nicht", antwortete der zuständige Versicherungsvertreter Henken. „Es handelt sich um keinen Diebstahl im strafrechtlichen Sinn."

„Diebstahl ist Diebstahl", maulte Sack.

„Nö", sagte Henken, „die Wackeruper haben euch den Baum gegen Bier und Köm ja wieder rausgegeben. Insofern kann man keinesfalls von Diebstahl reden. Da ist nichts zu machen, Claus-Hermann."

Wütend über das unflexible Verhalten der Versicherung, hatte der Bürgermeister dieses Jahr für das Anketten des Baumes gesorgt. Außerdem wurden zwei Kameraden von der Altersriege der Feuerwehr abgestellt, die den Baum in Schichten nachts bewachen sollten. Einer saß vor dem Dorfkrug und behielt ihn mehr oder weniger im Auge.

Die „Abgestellten" hätten lieber mitgefeiert, denn drinnen im Saal ging die Post ab.

Der italienisch-stämmige Gastwirt hatte sich bereit erklärt, diese Tanzveranstaltung nach einer langjährigen Pause wiederzubeleben. Die Leute der Umgebung taten sich anfangs mit der Zusage etwas schwer, aber nun war der Saal im „Casa mia" so voll wie in seinen besten Jahren. Der Gastwirt hatte den Saal in grün-weiß-rot geschmückt, weil er mit seiner Heimat eng verbunden war, und auch die Tische zierten italienische Papierdecken.

Um die Älteren unter den Gästen zu erfreuen, wurden für sie in einer Ecke Tische und bequeme Gartenstühle mit Kissen hingestellt. Die Alten richteten sich dort für die halbe Nacht ein und rückten ihre Sitzgelegenheiten in Richtung der Tanzfläche. „Man mutt jo watt to kieken hem", sagte Heinrich Gregersen, der ehemalige Gastwirt. „Jo", pflichtete ihm sein Nachbar bei. „De Deerns hem sich hüt wedder orntlich ophübscht."

Ellis und Thies betraten den Saal, klopften die sogenannte „Pauschalbegrüßung" auf den Tisch und setzten sich zu Bekannten. Im Handumdrehen standen die ersten Biergläser vor ihnen und um sie herum wurde schon kräftig geprostet oder „Skal!" gerufen. Die Randbyer Feuerwehr hatte Berufskollegen aus Dänemark eingeladen. Weil diese als besonders trink- und sangesfreudig galten – der in ihren Augen sehr preiswerte Alkohol in Deutschland begünstigte diese Freude -, hatte die örtliche Feuerwehr vorsorglich mehrere Zimmer im oberen Stock des „Casa mia" für sie reserviert.

Paolo Masetto, der Gastwirt, trat ans Mikrofon, begrüßte seine Gäste und eröffnete die Veranstaltung. Das war der Startschuss für die fünfköpfige Band im fortgeschrittenen Alter, einen Tusch in den Saal zu schicken und mit „Fiesta mexicana" die Tanzrunde zu eröffnen.

In der ersten größeren Pause setzte Tina Ludwigsen sich neben Ellis und Thies und suchte in ihrem tief ausgeschnittenen Kleid das Bewerbungsgespräch.

Sie hat den Sammlerblick einer Enttäuschten, dachte Ellis und wartete ab, was die junge Frau wollte. Diese fragte direkt, ob sie auf dem Thadsen-Hof nicht eine Haushaltshilfe gebrauchen könnten. Eine, die nicht nur gut kochen, den Haushalt in Schuss halten und tagsüber auch den alten Thadsen betreuen könne – nämlich sie. Thies fiel fast in ihr Dekolleté, grinste und antwortete schon etwas schleppend: „Tina, wir denken drüber nach."

„Wie lange braucht ihr denn zum Nachdenken?" fragte Tina.

„Du bekommst Ende nächster Woche Bescheid", sagte Ellis und Thies hob beide Hände: „Mein Finanzministerium hat das Sagen." Worauf sich Tina wieder Richtung Tresen zu ihrer Clique begab.

Ellis betrachtete Nachbarn und Bekannte aus den umliegenden Dörfern, wie sie ausgelassen tanzten. Dieses laute Vergnügen war nicht ihre Welt. Noch nie gewesen. Sie hatte plötzlich den Drang, diese Lokalität schnell zu verlassen. Sie kam sich vor wie ein Fisch auf dem Trockenen und hatte keine Lust auf ein Fest, das langsam an Fahrt aufnahm.

Kurz nach Mitternacht sagte sie zu Thies, der sich mit Hilfe von mehreren Gläsern Cola-Whisky köstlich amüsierte, dass sie nach Hause gehen würde. Er nickte. Ihm war es egal. Er blieb noch.

Mai

Silberhochzeit

Zwei Wochen nach dem Fest stand das Ehepaar Thadsen kurz vor der Silberhochzeit. Ende Mai sollte groß gefeiert werden. Thies Thadsen hielt sich bei den Vorbereitungen vornehm zurück, Ellis war jedoch mittendrin im Auge des Taifuns und wirbelte mächtig herum. Im Nachhinein überlegte sie, ob durch die Vorbereitungen auf das 25-Jährige ihren Augen vielleicht einiges entgangen war, das sie hätte stutzig machen müssen. Doch sie war mit Blumenschmuck und Platzaufteilung beschäftigt. Schließlich war zur Feier auch Martje, die Floristin mit dem kritischen Blick, eingeladen. Und Helene, eine Frau aus dem Oberdorf durfte nicht neben Ute-Marie aus Wackerup platziert werden. Beide waren vor Jahren von den Thadsens als Erntehelferinnen engagiert worden. Die beiden Frauen pflegten eine langlebige Feindschaft wegen einer zurückliegenden Sache mit einem dänischen Sprachlehrer, auf den sie beide ein Auge geworfen hatten. Der Sprachlehrer hatte weder mit Helene noch mit Ute-Marie etwas im Sinn gehabt, doch die beiden hatten ihre Hoffnung nicht aufgegeben. Sie konnten nicht nebeneinander gesetzt werden, sonst gab es gleich Zoff. Ein Glück, dachte Ellis, dass der dänische Lehrer irgendwann weggezogen ist, sonst hätte ihr Fest vielleicht darunter gelitten.

In zwei Wochen war es soweit und es sollte in der Gaststätte „Fördeperle" am Wackeruper Hafen stattfinden.

Ellis hoffte inständig, dass ihr Schwiegervater, der alte Thadsen, bis nach dem Fest durchhalten würde. Inzwischen brachte der fast 90-Jährige Tag und Nacht durcheinander und baute zusehends ab. Vor zwei Tagen hatte er alle Herdplatten angemacht und war in den Stall gegangen.

Drei Tage nach dem Fest bei Paolo hatte Ellis die Haushaltshilfe Tina eingestellt und diese hatte rechtzeitig gemerkt, dass in der Küche etwas merkwürdig roch. Sie hatte die heißen Herdplatten entdeckt und Alarm geschlagen.

Tina

„Hier muss mal ein Elektriker ran", sagte Tina, nachdem sie den Thadsenhof vor einem Brand gerettet hatte, in ihrer resoluten Art zu Ellis. „Der muss einen Schalter unter der Spüle anbringen, damit wir den Herd ein- und ausschalten können, ohne dass Thade es merkt. Der Alte fackelt uns sonst noch mal das ganze Haus ab." Ellis bestellte den Elektriker und die Gefahrenquelle „Herd" wurde beseitigt.

Doch die Eskapaden des alten Thadsen nahmen kein Ende. Thies ließ überall Schlösser anbringen. Seit neuestem geisterte sein Vater nachts durchs Haus und hielt die Bewohner dadurch wach, dass er laut vor sich hin brabbelte, wenn er wieder auf eine verschlossene Tür stieß.

Eines Tages ging Thade schreiend mit seinem Gehstock auf Tina los und verletzte sie an Kopf und Schulter. „Du Miststück hau ab! Bringst nur Ärger ins Haus!" Der Angriff kam für sie unvermittelt und alle waren geschockt, denn der alte Thade war bisher nicht aggressiv gewesen. Tina hatte sich im Esszimmer eingeschlossen und man hörte nur ihr leises Schluchzen.

Als Ellis sich um sie kümmern wollte, hielt Thies sie zurück: „Lass mich das mal machen. Sonst will sie noch Schmerzensgeld." Ellis war froh, dass sie nicht Seelentröster spielen musste. Sie hörte Thies leise auf Tina einreden und dann war eine ganze Weile gar nichts zu hören. Da Thies nicht wieder heraus kam, begann Ellis, unruhig zu werden. Nach zehn Minuten klopfte sie an die Tür und fragte: „Alles in Ordnung?" „Ja." Sie hörte Rascheln und kurz darauf kam Thies aus dem Zimmer, gefolgt von Tina, die mit verquollenen Augen an ihr vorüberging. „Alles okay", flüsterte sie und senkte den Kopf. Dann machte sie sich in der Küche zu schaffen und das Geschirr klapperte, begleitet von ihrem Geschniefe.

Es war eine Woche vor der Silberhochzeit, als Ellis in den Keller ging, um die kleinen Pipettenvasen zu holen, in die sie auf der Festtafel einzelne Gerbera stecken wollte. Sie machte das Licht an und stieß einen Schrei aus, denn zwei Gestalten spritzten auseinander wie ertappte Teenager. Thies und Tina. Ellis hatte genug gesehen, rannte kopflos die Treppen hoch und schloss sich im Schlafzimmer ein. Schlagartig war ihr klargeworden, dass der Spruch „Appetit kann man sich woanders holen, aber gegessen wird zuhause!" nicht mehr galt.

Thies kam die Treppe hochgerannt und rüttelte an der Türklinke: „Ellis, mach auf!". Doch diese lag im Bett und zog sich das Kissen über den Kopf. Sie wollte nichts mehr hören. Innerhalb von einer Sekunde auf die andere waren 25 Jahre Ehe wie ein alter Bovist in sich zusammengefallen. Der stieß schwarze Staubwolken aus und stank gewaltig.

Thies stand vor der Tür, sagte nichts mehr. Sie hörte, wie er draußen auf und ab tigerte. Ellis vergrub sich unter allen Decken, die sie finden konnte und in ihrem Kopf kreisten düstere Gedanken. Keine Träne floss, sie war ein einziger Eiszapfen geworden. Thies unternahm keinen Versuch mehr, sie aus dem Zimmer zu locken. Vermutlich ließ er sich von Tina trösten. Bei diesem Gedanken stieg in Ellis langsam die Wut hoch. Liebe und Hass lagen ja bekanntlich eng beieinander. Sie wünschte ihn in ein Pirhana-Becken, aus dem er nie wieder auftauchen würde.

Was dachte sich dieser Idiot eigentlich? 25 Jahre einfach wegzuwerfen. So kurz vor der Silberhochzeit etwas mit einer anderen anzufangen. Was dachte sich diese Tina eigentlich? Die Bilder überschwemmten sie und fraßen sich in den Magen. Nie hätte sie geglaubt, dass sie in kurzer Zeit solche zerstörerischen Gedanken aufbauen könnte.

Jahrelang hatte sie jeden Montagmorgen die Schweine zum Schlachter gefahren. Und dort angekommen hatte sie stets mitgeholfen, die Tiere vom Anhänger herunterzutreiben, einen schmalen Gang entlang, an dessen Wand das Schild „Einbahnstraße" hing. Makaber. Vermutlich war ihr das gerade in den Sinn gekommen, weil sie sich ebenfalls in einer Einbahnstraße befand. Es gab nur die eine Richtung, in die sie gehen konnte. Und diese Straße war steinig. Ihr Verhältnis zu Thies war schon länger marode. Wurmstichig wie eine alte Kommode fiel ihr dazu nur ein.

Eher wurde in Arbeit und neue Maschinen investiert, aber nicht in gegenseitiges Verstehen. Es war zu spät, das Ruder herumzureißen, dachte Ellis und gestand sich ein, dass sie manchmal überlegt hatte, in eine andere Richtung zu rudern. Dann war da jedoch wieder die tägliche Arbeit und der Wunsch wurde verdrängt. Doch jetzt bröselte der Kitt.

Ellis' Traum von einem schönen Fest war zusammengefallen wie das sprichwörtliche Kartenhaus. Alles lag in Scherben. Ihr ganzes Leben klappte zusammen. Tür zu, Liebe ausgesperrt. Die ganzen Vorbereitungen waren umsonst gewesen. Sie wollte kein großes Fest mehr feiern. Die Absage stand an. Was würden die Nachbarn, Bekannten und Verwandten denken? Bei diesem Gedanken kamen endlich die Tränen. Ellis merkte, dass es ihr wichtig war, was sie alle dachten. Es hätte ihr egal sein müssen, war es aber nicht.

Nach dem „Vorfall" mit Tina lag Ellis einen Tag mit schwarzen Gedanken im Bett. Sie fühlte sich abgelegt wie ein ausgedienter Teppich. Ein Glück, sie hatten kein eigenes Kind. Sie hatten ein Haus gebaut, Bäume gepflanzt. Nur ein Kind wurde nicht gezeugt. Ellis atmete tief durch. Mads, ihr Stiefsohn, hatte eine Sonderstellung. Sie mochte ihn. Aber er war irgendwie immer der Sohn von Thies und seiner Ex geblieben.

Zu Mittag hatte sie das Essen, das Thies ihr vor die Tür gestellt hatte, nicht angerührt. Von Tina ließ sie sich nicht mehr bekochen. Einmal kam Opa Thadsen und klopfte leise an. Als sie sich nicht rührte, hörte sie ihn wegschlurfen und meinte, sie hätte ihn „Das Miststück ist weg", sagen hören.

In der Nacht traf sie ihre Entscheidung: Sie hörte durch die offene Tür, wie Thies sich unten auf dem Sofa im Wohnzimmer niederließ und kurz darauf schnarchte. Da packte sie Kleidung zusammen, holte leise ein paar Dokumente aus dem Büro, nahm die Autoschlüssel vom Schlüsselbord und fuhr langsam vom Hof, zitternd vor innerer Kälte, als sie die Straße zum Kliff einschlug.

Pelle Witthus, der um sechs Uhr in den Stall gehen wollte, sah das Auto auf seinem Hofplatz stehen und lugte durch die Scheiben. Er sah Ellis auf der Rückbank liegen, zusammengekrümmt, mit einem Wollmantel bedeckt. Er klopfte gegen die Scheibe.

Kurz darauf saß sie völlig zerzaust an seinem Küchentisch und dann war kein Halten mehr. Sie schluchzte und schluchzte. Pelle saß kerzengerade auf dem Küchenstuhl und ließ sie weinen. Als sie keine Tränen mehr hatte, erzählte sie ihm, was bei ihr zuhause los war, und er hörte sich alles ruhig an.

„Und nu?", fragte er.

„Ich sag die Silberhochzeit ab und verlasse ihn."

„Mensch Ellis, mach keinen Schnellschuss", riet er ihr.

„Mein Entschluss steht fest. Ich gucke mir keinen Tag länger dieses Geturtel an", sagte sie heftig.

„Wo willst du denn hin?"

„Ich -. Vermietest du mir deine Kate?"

„Diese Bruchbude?"

„Ich mache was draus. Es ist überall besser als auf dem Thadsen-Hof."

Pelle überlegte, nickte langsam.

„Wenn du keinen Komfort brauchst, kannst du dir dort etwas zurechtmachen."

Dankbar drückte sie seinen Arm.

Sie fragte, ob sie sein Bad benutzen durfte, spritzte sich kaltes Wasser ins Gesicht. Danach ging sie hinunter zur

Steilküste, weil sie nachdenken musste. Sie blickte über die Kante und fühlte sich wie das Haus Nr. 1, das zertrümmert unten auf den Steinen lag. Lange blieb sie direkt an der Abbruchkante stehen. Dann machte sie kehrt und ging langsam zum Witthus-Hof zurück.

Als Ellis gegangen war, stand Pelle an die Küchenwand gelehnt. Seine Gedanken ratterten wie der alte Hanomag, von dem er sich nicht trennen konnte. Schade, dass der keinen Frontlader hatte, sonst würde er hoch zu Thies fahren, ihm mit dem Frontlader seine Stalltür zerlegen, absteigen und alle Schweinebuchten öffnen. Freiheit für alle Schweine, die auf Spaltenböden laufen mussten. Die könnten sich in seiner riesigen Maismonokultur verstecken und in richtiger Erde wühlen. Was hatte er für eine Wut auf diesen Großkotz! Sie war jahrelang gewachsen. Von der Schulzeit bis heute. Sie begleitete ihn wie eine wachsende Beule. Herr Doktor, befreien Sie mich bitte von diesem Thies-Geschwür. Ein Schnitt und alles Hässliche flösse heraus. Es würde nur eine kleine Narbe bleiben, die daran erinnerte, dass es einmal eine große, eiternde Wunde gewesen war.

Er sah, wie Ellis von der Steilkante zurückkam und winkte ihr mit dem Schlüssel der Landarbeiterkate zu.

Ellis

Die ersten beiden Wochen schlief sie auf einem Sofa bei ihrer Nachbarin Tanne, die ihr Arbeitszimmer zur Verfügung stellte. Sie sah, dass Ellis mit der Trennung kämpfte.

„Das ist wie mit einem rotten Zahn. Irgendwann ist die Wurzelbehandlung fällig", versuchte sie ihre Freundin zu trösten.

Ellis stürzte sich in Arbeit. Nach jedem Frühstück ging sie in die Kate und befreite die schmutzigen Zimmer von Müll, Schutt und Wohngegenständen, kratzte Tapeten von den Wänden und schrubbte die Böden. Wenn sie Hilfe brauchte, fragte sie die jungen Leute aus der Nachbarschaft. An den Wochenenden halfen ihr ab und zu die Hamburger Handwerker, größere Teile in den bereitgestellten Container zu werfen oder Möbel vom Thadsen-Hof abzuholen. Als das kleine Schlafzimmer und die Küche endlich fertig waren, tauchten eines Abends Betty und Frieda in ihrer Kate auf, brachten zwei Flaschen Wein mit und hatten Lust auf einen Schnack. Sie setzten sich auf das Sofa, das im Flur stand und schenkten die mitgebrachten Gläser voll. Ellis holte sich einen Stuhl aus der Küche.

„Deine Kate wird langsam wohnlich", sagte Betty. „So richtig Einweihung gefeiert wird später."

Ellis freute sich über den Besuch. „Macht es Euch gemütlich."

„Schön, dass du hier eingezogen bist", sagte Betty. „Obwohl wir für dieses Haus hier eigentlich ganz andere Pläne hatten. Das Projekt „Co-working-Space" muss nun an anderer Stelle stattfinden."

Frieda ergänzte schnell: „Die Stelle ist auch bereits gefunden. Wir planen, einen Teil von Pelles Maststall dafür umzubauen."

„Das ist gut. Ich ziehe hier auch nicht wieder aus", lachte Ellis.

Frieda wechselte das Thema: „Ein Glück, dass Thies dir dieses Sofa überlassen hat", meinte sie und zog die Beine an.

„Wieso überlassen? Das Sofa gehört mir zur Hälfte."

Es entspann sich ein Gespräch über die finanzielle Lage der ehemaligen Thadsenhof-Bäuerin.

„Ich habe mit meiner Arbeit sehr zum Wohle des Hofes beigetragen. Das war zwar nicht beabsichtigt, als ich dort anfing, hat sich halt so entwickelt."

„Wie bist du überhaupt auf dem Thadsen-Hof gelandet?" fragte Betty.

Ellis begann zu erzählen, wie sie sich nach der Landwirtschaftslehre eine Stelle gesucht hatte.

Der Vater hatte Ellis zur ländlichen Hauswirtschaft gedrängt. Dank ihres Dickkopfes durchbohrte sie dieses harte Brett und lernte auf drei verschiedenen Betrieben Landwirtschaft, ging danach zur Höheren Landbauschule und schloss als staatlich geprüfte Landwirtin ab. Als einzige Frau und Jahrgangsbeste. Nicht einmal das überzeugte ihren Vater und er sagte, als er von ihrem guten Abschluss hörte: „Wozu? Du heiratest doch eh bald." Ab diesem Zeitpunkt hörte sie auf, sich an ihm abzuarbeiten und beschloss, ihre Besuche auf Eis zu legen. Da einer ihrer Brüder nun auf dem elterlichen Hof wirtschaftete, suchte sie sich eine Anstellung und bewarb sich auf größeren Höfen als Verwalterin.

Sie war in der Nähe von Schleswig als Älteste von drei Geschwistern geboren. Ihre Mutter war viel zu früh bei der Geburt des jüngsten Sohnes gestorben. Wäre Ellis ein Junge gewesen, hätte sie den elterlichen Hof übernehmen können. In den Augen des Vaters war sie als Mädchen nur zweite Wahl und der ältere der beiden Brüder übernahm den Hof. Einige Hofbesitzer hätten gerne eine qualifizierte Fachkraft wie sie genommen – zum Gehalt eines einfachen Landarbeiters. Ellis lehnte lange ab, bis sie beim alten Thadsen landete, der seinen Betrieb gerade vergrößert hatte. Sein Sohn Thies war für ein halbes Jahr nach Kanada gegangen, um dort auf einer großen Farm richtig gutes Geld zu verdienen. „Was der dort verdient, geht auf keine Kuhhaut. Die verdienen dort in einem halben Jahr, was in Deutschland in einem Jahr verdient wird“, sagte Thade. Er stellte Ellis für drei Monate zur Probe ein und wollte erst einmal sehen, wie sie sich so machte.

Im hinteren Teil des Haupthauses stellte er ihr eine kleine möblierte Wohnung zur Verfügung und sie richtete sich ein. Gegen den Mief versprühte sie eine ganze Dose Limonenduft und riss tagelang die Fenster auf, bis sie mit dem Geruch leben konnte. Ein Glück, sie hatte sich Bettwäsche und andere persönliche Dinge von zu Hause mitgenommen. Die rochen nach Vertrautem und trösteten sie an einsamen Abenden.

Der alte Thadsen

Als Ellis damals auf den Hof kam, war Thade schon lange Witwer, was man unschwer an seiner ziemlich vernachlässigten Wohnung sah. Die Möbel waren alt und morsch, auf dem Sofa lag eine uralte Häkeldecke und die einzige Stehlampe stand schirmlos in der Ecke. Zweimal die Woche kam die Nachbarin Hilke, die immer für drei Tage kochte. Es störte den Alten nicht, wenn er dreimal hintereinander Gulasch essen musste. Bei der Gemüsesuppe behauptete er gar, dass sie mit jedem Aufwärmen besser schmeckte. Sonntags ging er zu Fuß hoch nach Randby und aß im „Dorfkrug" à la carte. Diese Gewohnheit behielt er bei, als aus dem Traditionskrug das „Casa mia" wurde. Selten wusste er, was er da aß. Früher gab es im Dorfkrug bei Annelie Sauerfleisch mit Bratkartoffeln. Heute servierte ihm Paolo, der neue Wirt, der den Dorfkrug bewirtschaftete, „ Abbacchio al forno", wenn der alte Thadsen „Was mit Fleisch" bestellte. Wenn er einen Köm orderte, gab es Grappa. So änderten sich die Zeiten und langsam war es Thade egal, womit er die Mittagsstunde einläutete.

Nachbarin Hilke versuchte, in seinem Haus einigermaßen Ordnung zu halten. Sie nahm es mit Humor und sagte zu der neuen Wirtschafterin Ellis, die sie darauf ansprach: „Mein Nachname ist Sisyphus. Ist eben eine Arbeit, die nie aufhört."

Am ersten Arbeitstag zeigte ihr der Alte seinen ganzen Betrieb. Sie bewunderte seine Maschinen, die gut in Schuss waren. Der Stall mit den 300 Mastschweinen sah top aus. Die Tiere liefen auf Spalten, doch sie stellte fest, dass kein Schwanzbeißer dazwischen war. Im Sauenstall ging es gemütlicher zu. Es gab 30 Sauen, deren Ferkel um sie herum hopsten oder unter der Wärmelampe lagen. Die tragenden Sauen lagen auf Stroh und beobachteten unaufgeregt die beiden Eindringlinge

„Sieht alles ganz gut aus", bescheinigte sie dem Alten.

„Ja, ich hoffe, dass Thies das auch so sieht. Und nicht mit irgendwelchen neuen Methoden alles umkrempelt."

„Will dein Sohn denn irgendwann wiederkommen?", fragte Ellis.

„Noch genau zwei Monate. Dann übernimmt Thies den Hof. Zunächst soll er pachten. Dann sehen wir weiter. Ich will ja auch noch nicht so richtig aufs Altenteil. Da wohnst du ja jetzt drin", lachte er.

Für dieses Lachen mochte sie den Alten. Es war mehr ein In-sich-hinein-Kichern. Dass er oben rechts eine ziemlich große Zahnlücke hatte, störte sie nicht.

„Dann muss ich ja wohl das Feld räumen, wenn er kommt", nahm Ellis das Gespräch wieder auf.

„Zeig erst mal, was du kannst, dann sehen wir weiter", meinte Thade. „Erst einmal bringen wir beide die Ernte hinter uns."

Nach der Besichtigung der umliegenden Felder lud er sie noch auf einen Absacker ein. Er holte einen hochprozentigen Schnaps aus dem Schrank und schenkte ein.

Sie hoben die Gläser, tranken beide auf ex ohne mit der Wimper zu zucken und Thade fand, dass er mit der jungen Frau eine gute Wahl getroffen hatte.

Thies kommt zurück

Im Oktober kam Thies aus Kanada wieder und fand auf dem elterlichen Hof in Randby alles klein und eng. Er war die Weiten und riesigen Felder von Saskatchewan gewohnt, 300 oder 500 Hektar groß. Bis zum Horizont gab es nichts als Raps oder Weizen. Hinter der Erdkrümmung ging es weiter, man wurde besoffen von der Größe der Landschaft.

Er hatte auf dem landwirtschaftlichen Betrieb in der Nähe von Prince Alberta von Mai bis Oktober dort gear-

beitet und im Sommer hauptsächlich bei der Ernte geholfen. Allein 8.000 Hektar Raps wurden gedroschen und
3.000 Hektar Weizen, Gerste, Bohnen und Erbsen. Den
sogenannten „Pflanzenschutz" hatten im Vorfeld mehrere Flugzeuge aus der Luft erledigt. Bei diesen Größenord-
nungen war der 100 Hektar-Betrieb seines Vaters hier in
dessen Heimat Angeln – wie der Fischer Knut es ausdrü-
cken würde – ein Hering neben dem Blauwal.

Auf dem kanadischen Betrieb, auf dem er angeheuert
hatte, waren zwölf fabrikneue Mähdrescher im Einsatz,
ein Dieseltankwagen war ständig am Fahren, 15 LKWs
transportierten die Ernte zur nächsten Zugstation. Drei
Köchinnen versorgten fünfunddreißig Arbeiter mit Essen, sieben mexikanische Monteure behoben Schäden an
den Maschinen, die anderen waren Kanadier, Studenten
und Mähdrescherfahrer aus Deutschland, Schweden oder
Irland. Es war ein bunter Haufen aus verschiedenen Na-
tionen, die für fünf bis sechs Monate dort zusammengeschweißt waren.

Thies war beeindruckt von den gigantischen Ausmaßen
der Felder, von der Größe des Betriebs, in dem alles wie
bei einem Zahnrad zusammenwirkte. Nun kam Thies nach
Hause und das Mittelalter schaute ihn von allen Seiten an.

Ja, die Welt der Kliffer war eng und deren Sicht ging vom
Kliff bis zum Strand des gegenüberliegenden dänischen
Kragelund. Fünf Kilometer Luftlinie.

Dass auf dem elterlichen Hof auch noch eine Verwalterin das Kommando und seinen Vater völlig im Griff hatte,
gefiel ihm gar nicht. Doch der alte Thadsen blieb stur und
beschäftigte Ellis weiter.

Als Ellis Ende Oktober auf dem größten Ackerstück des Thadsenhofes einen Rundgang machte, um zu sehen, ob der Raps gut aufgelaufen war, wartete Thies am Feldrand auf sie. Es war ein kühler trockener Tag, die Sonne ließ sich seit Tagen nicht blicken. Als sie ihn erreichte, stemmte sie beide Arme in die Hüfte.

„Na Thies, was sagst du zum Raps?"

„Der Raps ist gut aufgelaufen. Damit warst du sicher schnell fertig. 30 Hektar Raps", er wurde ironisch, „das ist eine große Leistung."

„Mit deinen kanadischen Feldern kann dieser Acker nicht mithalten, stimmt's?", fragte Ellis und hielt sich zurück.

„Gewiss nicht. Ich habe wirklich andere Flächen gesehen. Ehrlich gesagt, ist mir hier alles zu klein und zu beengt. Ich denke daran, mich zu vergrößern." Think bigger, erläuterte er und dachte darüber nach, in Mecklenburg Land zu kaufen. So kurz nach der Wende, 1991, wurde dort Land zu Spottpreisen verkauft. Er hoffte, nicht zu spät zu kommen bei den Schnäppchen.

„Dann kannst du hier bleiben und die Verwalterin spielen, mein Vater wäre höchst erfreut."

„Willst du dich denn in Mecklenburg niederlassen?", fragte Ellis.

„Ja. Wenn alles klappt. Am kommenden Mittwoch weiß ich, ob ich den Zuschlag für einen Betrieb bei Malchow bekomme. Der Verkäufer braucht noch Bedenkzeit."

Am Mittwochabend kam die Nachricht: Thies bekam den Zuschlag nicht und war tagelang ungenießbar. Think bigger war erst einmal ausgeträumt. Ellis wollte ihm aus dem Weg gehen und nahm ein paar Tage Urlaub, um den

Kopf durchzulüften. Sie fuhr mit ihrer Nachbarin und Freundin Tanne auf die dänische Insel Fünen und sie mieteten sich in einem kleinen Hotel in Kerteminde ein. Auf langen Strandspaziergängen auf der Halbinsel Hindsholm tauschten sie Wünsche, Zukunftspläne und Befürchtungen aus. Ellis war fest entschlossen, sich eine neue Stelle zu suchen.

Als sie zurückkehrte, hatte Thies sich beruhigt und offensichtlich ebenfalls nachgedacht. Er wollte, dass sie blieb. Er stotterte wie ein alter Diesel, um ihr zu sagen, dass er sie ganz „passabel" fand. Ellis lachte schallend auf. Ermutigt hielt er eine lange Lobrede, die sie nie für möglich gehalten hätte. Dass sie sich für keine Arbeit zu schade wäre. Ohne zu zögern die Ferkel beim Kastrieren hielte, dass sie pflügen, den Hofplatz und die Rüben hacken würde. Sie könne hervorragend Drainagen spülen und eine verletzte Sau würde aufs Beste verarztet. Sie mache Reparaturarbeiten am Trecker...

„Hör auf, es reicht!", sagte sie. Doch sie dachte: Ich habe auch den alten Thadsen versorgt, als er auf einer Gülleplatte ausgerutscht ist und immer bewirte ich die Nachbarschaft an Geburtstagen.

Er brauchte noch eine Woche, bis er sie fast nebenbei fragte: „Könntest du dir vorstellen, dass wir heiraten?"

„Heiraten? Hm."

„Ist das denn so abwegig?"

Wie steht es bei dir mit der Zuneigung? hätte sie gerne gefragt, von Liebe ganz zu schweigen, aber sie fragte nicht. Stattdessen: „Brauchst du nur eine Arbeitskraft?"

„Red keinen Stuss. Du hast gefehlt. Habe ich erst gemerkt, als du weg warst. Aber das habe ich doch gerade schon gesagt, oder?"

Ellis erbat sich Bedenkzeit. Die dauerte ein halbes Jahr. Nachdem sie sich durch die gemeinsame Arbeit und mehrere Feste besser kennengelernt hatten, sagte sie Anfang März „Ja".

Der alte Thadsen hatte die Entwicklung mit Wohlwollen betrachtet. Ellis würde nicht nur auf dem Betrieb Gold wert sein, sie würde auch „das Soziale" übernehmen, die Kontakte zu Nachbarn und im Dorf weiterhin pflegen. Seit Thies aus Kanada zurück war, fühlte Thade sich wie auf einem Abstellgleis stillgelegt. Er registrierte, dass die Nachbarn nicht mehr so oft zu ihm kamen.

Einmal hatte er versucht, das Vakuum anzusprechen: „Früher war das Leben auf dem Hof noch interessant. Da kamen andauernd Leute vorbei und es wurde noch von Angesicht zu Angesicht geredet."

„Ein Glück, dass heute nicht andauern jemand an der Tür klingelt oder klopft", entgegnete Thies.

„Früher..."

„Ja ja Vadder, früher war alles besser. Ich weiß, ich weiß. Hausschlachtung wurde noch selbst gemacht und zum Besamen kam der Rucksackbull, mit dem du nach getaner Arbeit, wenn man das überhaupt ,Arbeit' nennen konnte, in der Küche noch über Gott und die Welt geredet hast – die Leier kenn ich schon."

Thade sagte nichts mehr und Thies stand auf und ging aus der Küche.

„Die Ehe ist wie ein Melkschemel"

Als die Hochzeit endlich anstand, informierte Ellis ihren Vater nicht, sondern lud zu einer kleinen Feier im Wackeruper Krug nur ihren jüngsten Bruder ein. Der Polterabend war turbulent gewesen! Nachbarn und Freunde waren gekommen, um altes Geschirr und Tontöpfe vor die Tür zu werfen. Kloschüsseln und Glas waren inzwischen tabu, es schepperte trotzdem ordentlich. Danach mussten sie tagelang die Splitter und Scherben aus dem Kies vor der Haustür puhlen.

Und dann die Trauung. Sie fand in einem kleinen Raum des Amtsgebäudes von Perlballig statt. Für mehr als zehn Personen war der Raum nicht ausgelegt, der Blumenschmuck auf dem Tisch der Standesbeamtin war fast zu üppig für den kleinen Raum. Ellis registrierte, dass zwischen gezüchteten Rosen auch Kornblumen, Margeriten und Frauenmantel steckten. Hinter dem Brautpaar saß ihr Bruder und Tanne als Trauzeugen. Die Gästeschar blieb übersichtlich: Anwesend waren nur der alte Thadsen und Hilke, die Haushaltshilfe.

Unaufgeregt, dachte Ellis. Diese Hochzeit ist einfach nur unaufgeregt. Den siebten Himmel gibt es eh nicht.

Die Standesbeamtin hatte sich agrartechnisch vorbereitet und Ellis hörte sie sagen: „Die Ehe ist wie ein Melkschemel, auf drei Füßen aufgebaut: Liebe, Vertrauen und Treue." Da hörte sie hinter sich den alten Thadsen laut auflachen: „Wir haben einen Schweinebetrieb, Frau Franzen, nix mit Melkschemel." Die Angesprochene zuckte nur kurz, ließ sich aber nicht aus dem Konzept bringen und zog die Zeremonie durch bis zum „Antworten Sie mit Ja" und zum obligatorischen Kuss.

Damit beendete Ellis ihre lange Geschichte, die die beiden Frauen auf dem Sofa interessiert verfolgt hatten.

„Wie wir die letzten 25 Jahre verbracht haben, hast du, Betty, ja live mitbekommen. Zum großen Teil jedenfalls." Und dann platzte es aus ihr heraus: „In den letzten 25 Jahren haben Thies und ich immer zusammen die Arbeit erledigt, ob es die Schweine und Kühe waren oder die Feld- und Erntearbeiten, Ausgucken nach Saisonkräften, Ämter- und Behördenkram, Investitionspläne, Steuererklärung, Behandlung kranker Tiere, Tierarztrechnungen, Abdecker, Besamungen. Und nun - alles vorbei."

„Ja, es gibt viele Bäuerinnen, die so schuften", sagte Betty. „Während meiner Arbeit am Sorgentelefon habe ich unzählige Berichte darüber gehört. Manche Frauen haben bis zu 85 Stunden die Woche gearbeitet. 85 Stunden! Stellt euch das mal vor."

„An 85 Stunden kam ich in Spitzenzeiten auch locker ran. Es hat mir nichts ausgemacht. Aber ich habe für mich den Entschluss gefasst, mich zukünftig auf keinen Fall mehr für so viele Stunden krumm zu machen."

„Bereust du deine Entscheidung, hierher gezogen zu sein?" fragte Frieda.

„Der Anfang war nicht leicht", gab Ellis zu. „Ich habe nächtelang gegrübelt, ob der Entschluss falsch war. Heute, mit Abstand, kann ich sagen, dass ich nichts bereue. Einen einzigen Vorwurf mache ich mir: Dass ich nicht verhindern konnte, dass der alte Thadsen sofort ins Pflegeheim kam, nachdem ich ausgezogen war."

Juni

Pelles Tagebuch, 1. Juni 2019

Heute ist Weltbauerntag. Eigentlich müsste eine Beerdigungsfeier nach der anderen veranstaltet werden, wenn man bedenkt, wie viele Bauern bei uns jährlich aufgeben.

Wenn die Städter wüssten, was damit alles aufgegeben wird und was wir alles so nebenbei erledigen, würden sie vielleicht nicht so hart mit uns umgehen. Was wissen die denn schon darüber, wie wichtig die Pflege eines Knicks ist? Ich kenne jedes Tier, das in meinen Knicks lebt, den Fuchs bei Norderfeld, den Dachs im Hemmelsmark und das Fasanenpärchen drüben hinter der Kate. Vielleicht kommt einmal eine Zeit, in der die Menschheit eine Rundum-Versorgung mit regionalen Lebensmitteln braucht, dann garantieren wir die kurzen Wege. Vom sozialen Leben ganz abgesehen. Gerne kommen die Städter zu „Events" aufs Land, aber wehe, es gibt kein ordentliches Programm, nur eine Grillwurst und kein Ponyreiten, dann zieht die Schar weiter zu einer größeren Veranstaltung.

Irgendwie zieht mich dieser Weltbauerntag runter. Es wird daran erinnert, dass wir Bauern auch noch da sind. Morgen ist dann Tag der Hängematte oder Tag der guten Manieren. Weltbauerntag gestern? War da was? Die Karawane zieht weiter und hat auch übermorgen die guten Manieren bereits wieder vergessen.

Ich geh jetzt ins Bett, morgen wartet wieder die Feld-
arbeit. Ist schön, dass Ellis jetzt auch bei uns einsteigt.
Gestern hat sie gefragt. Ich habe für mich überlegt, dass
morgen „Tag der kompetenten Frau" ist. Denn Ellis ist
bereits eine echte Klifferin! Wie schnell sie sich hier ein-
gelebt hat.

Die Kate

Am anderen Morgen stand Pelle vor der Kate seiner
ehemaligen Landarbeiterfamilie, die bereits vor mehreren
Jahren weggezogen war. Damals hatte das Häuschen die
Familie mit drei Kindern beherbergt, die sich die vier kleinen Zimmer irgendwie aufgeteilt und sich im Sommer vor-
wiegend draußen aufgehalten hatte. Mit den Jahren wurden mehrere dilettantische Ausbauversuche gemacht, hier
ein wintergartenähnlicher Anbau mit Platten aus einem
alten Gewächshaus, da ein garagenähnliches Gestell. Als
auf dem nebenan liegenden Hof von Pelle die Finanzkrise
einzog und Bauer Witthus seinen Landarbeiter nicht mehr
bezahlen konnte, zog dieser mit seiner Familie weg und
Pelle riss die ganzen merkwürdigen Anbauten der Landarbeiterkate wieder ab.

Seitdem war das Gebäude zusehends verfallen und wurde allmählich von Brombeerbüschen, Brennnesseln und
der Raum greifende Kartoffelrose in einen Dornröschen-
schlaf versetzt.

Es erstaunte alle Kliffer, wie schnell sich die Kate nach
Ellis' Einzug verwandelte. Wer Zeit hatte, packte mit an.
Langsam wurde aus der Ruine wieder ein Wohnhaus.

Pelle dachte an die Rückholaktionen, die Thies im Mai gestartet hatte, doch Ellis blieb stur. Schließlich überließ er ihr einige Möbelstücke, die sie dazu nutzte, das unwirtliche Gebäude in ein wohnliches Haus zu verwandeln und einigte sich mit ihr über monatliche Finanzzahlungen.

„Ist ja kommodig geworden", war Pelles Kommentar, als er die Kate betrat.

Ging man durch den Seiteneingang in die Waschküche, wo immer ein Wäscheständer stand, an dem mal Wäsche hing, mal irgendwelche Kräuterbüschel zum Trocknen baumelten, kam man in die „Beste Stuuv". Diese war der größte Raum im Haus. In der Mitte stand ein ausziehbarer Tisch, an dem locker zwölf Leute sitzen konnten. Er stand umrahmt von einer gewaltigen Sitzbank in der Ecke neben dem Kachelofen. Eine gemütliche Sofaecke erlaubte den Blick zur Förde.

Ellis zeigte ihm ihren ganzen Stolz, das Badezimmer, das sie selbst mit taubenblauen und weißen dänischen Fliesen ausgelegt hatte. Sie hatte mit Mads und einem Handwerker „aus der Hamburger Clique" gemeinsam die mit Wasserflecken übersäten Wände trockengelegt. Der Schimmel wurde besiegt. Ihr Schlafzimmer lag nach hinten zum Hang nach Randby mit Blick zur Straße, auf der sich fast nie ein Auto bis zum Kliff verirrte, weil die Parzeller oberhalb von Norderfeld parkten.

Sie erzählte ihm, wie sie täglich als erstes am Morgen die Fenster aufriss, um den Modergeruch, der sich jede Nacht erneut auf die Einrichtung legte, zu verscheuchen. Sie sagte ihm nicht, dass sie sich gerne drüben in seinem Haus aufhielt, wenn sie nicht in ihrer Kate arbeitete. Bei ihm roch alles vertraut nach Stall, Gummistiefeln und

einem Hauch Getreide, der von der Mühle über den Hofplatz wehte und sie daran erinnerte, dass sie sich in diesem Metier auskannte.

Pelle, der eigentlich gekommen war, um den „Tag der
kompetenten Frau" auszurufen, ging schließlich unverrichteter Dinge. Stattdessen hatte er von Ellis eine Liste
bekommen, was er für sie alles im Baumarkt besorgen
sollte.

Ellis packt an

Als ihre Kate wohnlich geworden war, machte sich eine
große Unruhe in Ellis breit. Ihr fehlte die tägliche Arbeit
und sie konnte auf die Schnelle dieses Vakuum nicht aus-
füllen. Stundenweise half sie Pelle deshalb im Stall.

Wenn Frieda nicht gerade kochte, übernahm Ellis gerne diese Aufgabe. Gegessen wurde, wenn das Essen fertig
war. Die streng getakteten Zeiten vom Thadsen-Hof waren
vorbei. Frühstück um halb acht, Mittag um zwölf, Kaffee
um drei und Abendbrot um halb sieben – diesen Rhythmus gab es nicht mehr. Ellis wunderte sich, wie gut sie sich
bereits eingelebt hatte und wie selbstverständlich sie die
alte Kate bewohnte. Sie vergaß langsam die Streitereien
mit ihrem Exmann Thies, die es im vergangenen Monat
um Finanzen, Mobiliar und Persönliches gegeben hatte.
So langsam kehrte Ruhe ein.

Ellis fragte Pelle und die Parzellen-Crew, ob sie bei der
Ackerarbeit helfen könne. Sie half Mads, einen Zaun um
das Parzellengelände zu errichten, häufelte auf dem Acker
die Kartoffeln, half Pelle bei der Stallarbeit und kam lang-

sam wieder ins Lot. Von nun an half sie täglich bei allen Arbeiten, die anfielen.

Sie brachte Mads verschiedene Kniffe bei, die ihm die Feldarbeit erleichterten und half ihm, auf zwei abgetrennten Hektar seine neue Kartoffelsorte „Rote Dora" anzupflanzen. Das hatte sie einander näher gebracht und sie freute sich, als Mads sich eines Tages mit einer kräftigen Umarmung bei ihr bedankte.

Inzwischen kamen die Mieter der neuen Gärten vor allem am Wochenende, manchmal auch abends nach der Arbeit, und sie stand ihnen mit Rat und Tat zur Seite.

Heute war wieder so ein Wochenende und bereits am frühen Morgen werkelten die ersten Parzeller in ihren Gemüsebeeten, bevor es wieder richtig heiß wurde. Ellis half ihnen bei der Bepflanzung der Beete, säte Ringelblumen und pflanzte Borretschsetzlinge für zukünftige „blühende Landschaften." Bald würde Knut mit seiner Wandertruppe auftauchen.

„Fördeperlen entdecken"

Erst gegen Mittag verschwand der Dunstvorhang über der Förde und die Sonne lief zur Höchstleistung auf. Manche Bauern hatten ihre Beregnungsanlagen aufgebaut.

Samstags war Wandertag. Dann pilgerte der ehemalige Fischer Knut Johannsen mit einer Gruppe von Naturfreunden, die sich bei der Touristinformation angemeldet hatten, an der Küste entlang. Die Tour konnte unter dem Namen „Fördeperlen entdecken" gebucht werden, führte auf dem Küstenwanderweg von Wackerup hoch zum Plateau von Randby-Kliff und dauerte ungefähr drei Stunden. Sie sah eine kurze Pause bei Friedas Hof-Café vor, das die erste „Perle" war, die es zu entdecken galt.

Tanne trat vor die Tür und beobachtete, wie sich die neunköpfige Gruppe langsam von Wackerup den ansteigenden Weg zum Kliff hocharbeitete. Vom Tempo her wie eine Bergsteigergruppe mit Atemnot kurz unterhalb der Spitze des Mount Everest, dachte sie. Der Sherpa Knut lief mit dem Gepäck vorneweg. Er trug tatsächlich ein paar Jacken der weiblichen Wandervögel, damit diese mit ihren Stöcken besser vorwärtskamen. Knut würde in einer Viertelstunde vor Tannes Küchenfenster Halt machen, um einen ersten längeren Vortrag zu halten. Sie konnte die Uhr nach ihm stellen.

Es wurde heiß.

Knut betätigte sich in der Hauptsaison, die von Juni bis September ging, samstags als Naturerlebnis-Guide. Er brauchte außer seinen Reusen und den Fahrten mit Asmus noch weitere Beschäftigungen während des Ruhestandes und hatte dafür eine vierwöchige Ausbildung absolviert, von der Amtsverwaltung bezahlt. Früher wurden sie Wanderführer genannt, heute durfte man das nicht mehr sagen, denn niemand wollte mehr einen Führer. Knut war von den Gemeinden Randby und Wackerup angestellt und er sollte den Gästen eine gut erhaltene Naturlandschaft an der Flensburger Förde inklusive einer üppigen Flora und Fauna nahebringen. Sein Steckenpferd waren jedoch Vorträge über das Wasser, die Förde, den Fischfang.

Tanne zog sich in ihre Küche zurück. Vom Küchenfenster aus betrachtete sie die Gruppe. Der gestikulierende Mann, der Knut nicht von der Seite wich, war mit Sicherheit ein pensionierter Studienrat, der ihm sein Wissen aufdrängte. „Nein, Herr Johannsen, da muss ich Sie korrigieren. Die Flensburger Förde wurde nicht bei einem der letzten Eisvorstöße 20 000 vor Chr. vom Förde-Gletscher ausgeräumt. Es war 15.000 bis 13.500 vor Chr.", hörte die Beobachterin den Mann förmlich dozieren. Diese Sorte von Besserwissern kannte sie nur zu gut, war sie doch selbst bis vor ein paar Jahren als Deutschlehrerin in dieser Kategorie unterwegs gewesen. Immerzu musste sie belehren und korrigieren, das legte man nicht so schnell ab. Sie war Knut anfänglich auch immer in die Parade gefahren und hatte ihm Unwissenheit attestiert. Er nahm es mit stoischer Ruhe und seine Gelassenheit half ihm, Tanne, diese kluge Eule, zu ertragen. Mit der Zeit hatten sich die beiden aneinander gewöhnt und zu hilfsbereiten Nachbarn entwickelt, die schon mehr als einen großen Herbststurm zusammen durchgestanden und gemeinsam viele gebratene Heringe verspeist hatten.

Ab und zu hielten die Wanderer an, um irgendetwas zu betrachten, das Knut für erwähnenswert hielt. Bevor die Gruppe das Plateau, auf dem die wenigen Häuser von Randby-Kliff standen, erreichte, hatte Tanne alle Wandervögel katalogisiert.

Eine der beiden Frauen, ziemlich am Ende der Karawane, war sicher die Frau des Studienrates, die froh war, dass sie sich mit ihrer Nachbarin über die Mängel ihrer Ferienwohnungen austauschen konnte, statt sich einen Vortrag ihres Gatten über den nacheiszeitlichen Anstieg der Ostsee anhören zu müssen.

In der Gruppe war auch eine lange Dünne mittleren Alters, vermutlich liiert mit dem Mann, der als Letzter ging und offensichtlich seine Ruhe wollte. Außerdem gab es zwei junge Pärchen, eines davon frisch verliebt, wie Tanne unschwer erkennen konnte.

Die Naturfreunde erreichten das Plateau und scharten sich schnaufend um Knut, der sich neben Tannes Küchenfenster in Position gebracht hatte. Er wusste, dass sie jedes Wort mithören würde. In der Tat wusste Tanne, was jetzt kam und schnaubte innerlich, als der Guide wie immer seinen Text herunterspulte: „Nun sind wir in Randby-Kliff. Sozusagen dem Land's End unserer Landschaft Angeln. Nach der Kante da vorne kommt nur noch das Meer." Und wäre die Erde eine Scheibe, würden wir alle hinabstürzen, dachte Tanne und verdrehte die Augen. Damit verdiente Knut sein Geld! Es war unglaublich.

Knut hatte „das Meer" ganz besonders betont und blickte grinsend zu Tannes Küchenfenster, denn er wusste genau, dass sie dahinter stand und die Nüstern blähte.

„Das Meer" gab Anlass zu manchem Disput zwischen den beiden, denn was man von dem Plateau aus sah, war die Förde und kein Meer. Tanne machte da einen großen Unterschied und hatte am Anfang von einer in Vorzeiten landeinwärts gewanderten Gletscherzunge gesprochen, die eine schmale Bucht gegraben hatte. Die Bucht hier war so schmal, dass die auf der anderen Seite liegende dänische Küste zum Greifen nah schien. Nur vier Kilometer Luftlinie. Tanne kochte. Von wegen Meer! Wenn sie ihn darauf ansprach, lachte Knut nur gutmütig und antwortete:

„Tanne, die Leute, die mit mir wandern, mögen es, wenn ich vom Meer spreche. Sie wollen ihren Verwandten in Dortmund und Erfurt abends berichten, dass sie am Meer entlang gewandert sind. Salzwasser ist Salzwasser."

Tanne hatte die Segel gestrichen.

Der Studienrat war stumm geblieben und Knut führte seine Gruppe zu der Wiese neben Kliff Nr. 4. Hier war die Aussicht auf das Wasser besonders traumhaft. Alle ließen sich auf den Bänken nieder.

„Genießt den Ausblick", wandte sich Knut an seine Schäfchen. „In zehn Minuten geht es weiter, hinauf nach Randby." Die Wanderer setzten sich und Knut erklärte, was mit dem Haus Nr. 1 passiert und warum Nr. 2 abgesperrt war.

„Von dem abgestürzten Haus einmal abgesehen, ist hier ja Idylle pur", sagte der Studienrat. „So einen Ort habe ich jahrelang gesucht. Wissen Sie zufällig, ob eines von den beiden Häuschen hier zum Verkauf steht?" Knut verneinte, behielt für sich, dass er in einem dieser Häuschen wohnte. Dass sie genau davor saßen. Diese Frage hatte er schon oft gehört. Sie wurde hauptsächlich von älteren Leuten aus Großstädten gestellt, die sich mit dem Gedanken trugen, hier im Norden ihren Lebensabend zu verbringen. Stattdessen breitete er die Arme aus und umfasste damit das ganze Kliff. „Ja, es ist ein wunderbarer Ort. Hier oben sehen Sie den einzigen Bauernhof vom Kliff, den Witthus-Hof. Pelle Witthus wird zwar demnächst seine Landwirtschaft aufgeben, aber an Verkaufen denkt er nicht. Und auch die ehemalige Landarbeiterkate daneben hat er vermietet. Ich glaube, für ziemlich lange." Im Stillen dachte Knut daran, dass vor kurzem Ellis Thadsen dort eingezogen war.

„Das ist hier wirklich eine Traumlage", meldete sich nun einer der jungen Männer und zeigte auf Nr. 4.

„Ich könnte mir gut vorstellen, hier zu leben. Hier oben wohnen und unten an den Steg mein Segelboot legen."

„Leider sind die Häuser unverkäuflich", antwortete Knut erneut.

Am Haus Kliff Nr. 5, der ehemaligen Landarbeiterkate, blieb kein Blick hängen. Die schäbige Außenansicht ließ kein gemütliches Interieur vermuten.

„Es geht weiter", forderte Knut die Gruppe auf und lotste sie Richtung Friedas Freiland-Café.

Manche blieben immer wieder stehen, um die Aussicht auf das Wasser mit dem abgrenzenden Landstreifen der dänischen Küste zu inhalieren. Friedlich pflügten Segelboote durchs Wasser und von Ferne hörte man Kindergeschrei von Badenden am Strand von Wackerup. Als sie an den Parzellen vorbeizogen, hatte Frieda einen kleinen Stand mit Kaffee, Mineralwasser und belegten Brötchen aufgebaut, die sie gegen Spende abgab. Sie hatte bereits die Erfahrung gemacht, dass durch Spenden mehr zusammenkam als durch einen festgesetzten Preis. Die Wanderer langten mit Freude zu und warfen reichlich Geld in die Kasse. Sie zeigten sich begeistert von der vielfältigen Bepflanzung auf den Parzellen und kamen mit den hackenden, gießenden Gärtnern ins Gespräch, die mit der ersten Salaternte ihre Körbe füllten. Sie erfuhren von Ellis, dass die engmaschigen Netze über einigen Beeten die gefräßigen Kohlweißlinge abhalten sollten und dass es glücklicherweise bisher noch keine Schnecke auf die Parzellen geschafft hatte.

Während seine Gruppe sich stärkte, setzte sich Knut etwas abseits und blickte auf Kliff Nr. 6, den Witthus-Hof, der sich gerade erfreulicherweise wandelte.

Früher war mehr Leben auf dem Anwesen. Bis vor zwölf Jahren hatte Pelle eine richtige Familie. Da lebten seine Frau Caro und Tochter Betty noch mit auf dem Hof, zeitweise auch sein Lehrling Mads.

Caro, diese merkwürdige Frau, war inzwischen tot und Betty hatte bis zum Frühjahr in Hamburg gelebt. Früher rief sie unregelmäßig an und besuchte ihren Vater zweimal im Jahr. Meistens reiste sie nach zwei Tagen wieder ab, weil es so anstrengend war, über den Tod der Mutter nicht zu reden. Das Thema wurde umschifft wie die schroffe Felsenküste von Kap Hoorn. Wenn sie ganz knapp bei Kasse war, blieb sie manchmal einen Tag länger, weil sie den richtigen Zeitpunkt erwischen musste, damit Pelle keine Kanonade abließ. Das alles wusste Knut von Grogabenden an Pelles Küchentisch.

Knut stand auf und trat zu seiner Wandergruppe.

Eine der jungen Frauen fragte: „Ist das denn ein richtiger Bauernhof?" und deutete auf Pelles Stallgebäude.

Knut blickte fragend.

„Na ja, mit vielen Tieren", erklärte die Frau. „Kühe, Schweine, Hühner, Ziegen, Schafe und Pferde. So wie früher."

„Pelle Witthus hat momentan nur drei Schweine und eine Stallkatze", sagte Knut und grinste innerlich über das enttäuschte Gesicht der Fragenden. Es verriet, dass sie nicht mehr über diesen langweiligen Hof wissen wollte.

Insgeheim dachte Knut: Beim Thadsen-Hof wird es für dich auch nicht interessanter. Der hat nur Mastschweine und nicht einmal eine Stallkatze.

Die Wanderer brachen auf nach Randby-Dorf, um ihre „Perlen"-Runde fortzusetzen.

Tanne, die sich inzwischen der Gierschbekämpfung in ihrem Garten gewidmet hatte, blickte der Gruppe hinterher. Sie setzte sich auf ihre Gartenbank und freute sich, dass sie sich nicht mehr mit Menschengruppen umgeben musste. Die Klassen, die sie beschult hatte, hatten sie ausgelaugt. Ihr damals anstrengender Beruf zwang sie dazu, nach dem Unterricht und den Konferenzen mental herunterzufahren. Und zum Glück hatte sie das Haus am Kliff gefunden. Es gab keinen besseren Ort der Entspannung als diesen mit Blick auf die Förde.

„Tanne"

Den Namen „Tanne" hatte sie bereits als Kind bekommen, denn ihr richtiger Name wurde sogar ihren Eltern bald nach der Taufe zu sperrig: Therese-Anne. Später passte der Name „Tanne" zu ihr: Sie war schlank wie eine Tanne und mit ihren 1,80 Metern übersah sie so manche Lage besser als andere.

Tanne vom Kliff hatte ihren eigenen Willen und tat ihn auch laut kund. Mit ihren 69 Jahren ließ sie sich nichts mehr vorschreiben und bei ihrem Haus Nr. 3 ließ sie es darauf ankommen: Entweder sie wurde dort mit den Füßen zuerst hinausgetragen oder das Haus würde vorher kopfüber die Steilkante hinabstürzen.

Seit ihre kurzzeitige Liaison mit Wolfe Kremmler, dem Gastwirt von Wackerup, beendet war, lebte sie gerne wieder alleine, genoss ihr schülerloses Dasein und ging diversen Leidenschaften nach.

Da war zum einen ihr Hang zum Arbeiten mit den Händen. Das hatte sie bereits früher als Ausgleich zu ihrem Lehrerinnen-Dasein gebraucht. Sie half gerne bei Pelle auf dem Acker mit. Ob es das Befüllen der Vorkeimkisten oder das Auspflanzen und Roden der Kartoffeln war, sie war zur Stelle. Wenn sich der Rücken meldete, legte sie sich nicht selten in eine Ackerfurche und versuchte mit gymnastischen Übungen dem Kreuz Paroli zu bieten. Wenn Pelle das sah, rief er schnell: „Pauuuuseee!" Denn alleine der Anblick, wie Tanne sich auf dem Acker wälzte, erinnerte ihn an seine letzte Praktikantin, eine Städterin Anfang vierzig, die von der Arbeitsagentur vermittelt worden war. Pelle hatte sie für vier Wochen angenommen, weil es ein überschaubarer Zeitraum war. Da konnte nicht so viel schiefgehen. Womit er nicht gerechnet hatte war, dass sie einen Hang zur Natur hatte, der Pelle völlig fremd war. Mitten in der Feldarbeit legte sie sich manchmal in eine Ackerfurche, um „der Erde nachzuspüren". Oder sie umarmte Apfelbäume, um das Fruchtwachstum zu begünstigen. Pelle betrachtete sie oft mit offenem Mund. Wenn er gefragt wurde, wie es mit seiner Praktikantin lief, sagte er nur trocken: „Sie spürt mehr den Schwingungen hinterher als der Arbeit." Nach den vier Wochen fuhr sie ab und er atmete auf.

Tanne machte drei Kreuze, dass sie heutzutage keinen Jugendlichen mehr das „literarische Erbe" nahebringen musste. Der Graben zwischen den angehenden Abiturienten und den Dramen aus der Zeit des Sturm und Drang, der Klassik, Romantik, des Realismus und Naturalismus schien unüberwindbar. Von Storms „Schimmelreiter" bis zu Dürrenmatts „Die Physiker" hatte sie während ihrer pädagogischen Tätigkeit verzweifelt versucht, jungen Leuten einen Zugang zur Literatur zu ermöglichen. Mit wenig Erfolg. Mit Grauen erinnerte sie sich an Deutschstunden im Flensburger Gymnasium, in denen sie die Schüler für die Storm'sche Novelle begeistern wollte. Sie nahm mit ihnen die Figuren um Hauke Haien, seiner Frau Elke, seinen Widersachern durch, ließ die Schüler Referate ausarbeiten, um am Ende eine magere Ernte einzufahren. Als das Buch endlich durchgenommen und alle Aspekte behandelt waren, fragte sie einen Schüler, was er denn von der ganzen Geschichte hielte, welches Leseerlebnis er gehabt habe.

„Ach Frau Hinrichsen", sagte dieser, „ich habe mit Deichbau so überhaupt nichts am Hut. Und so ein Chef wie der Hauke Haien – das geht gar nicht! Der hat ja gar keine Führungsqualitäten. Ich will eh keinen Beruf in diese Richtung." Verdutzt fragte Tanne: „So. Na was willst du denn mal werden?" „Fußballprofi", war die schnelle Antwort und die Lehrerin ließ es für den Tag gut sein und war dankbar, dass es nicht der „Influencer" war. Nach dieser Unterrichtseinheit war sie erst einmal zu Pelle gefahren, der am Strohfahren war. Den ganzen Nachmittag stakte sie wütend die Ballen auf den Anhänger, und erst am Abend war sie wieder auf Normaltemperatur. Körperliche Arbeit half beim Stressabbau, das hatte sie wieder einmal am eigenen Leib erfahren.

Nun war sie bereits ein paar Jahre pensioniert und hatte sich dem „ländlichen kulturellen Erbe" verschrieben, füllte diese große und breit gefächerte Aufgabe mit ihren eigenen Ideen aus. Denn die über 200 unterschiedlichen Definitionen des Kulturbegriffes, die im Umlauf waren, wurden für Tanne langsam unübersichtlich. Sie zimmerte sich ihre eigene Kultur, die sie als erhaltenswert und zur Überlieferung für die Nachwelt wichtig fand.

„Wer die Vergangenheit nicht im Kopf hat, kann bei der Zukunft gleich einpacken", war ihr Leitsatz. In den letzten Jahren hatte sich mehr und mehr das Kulturgut „Dörfliches Leben" als ihr Steckenpferd herausgeschält. Sie schrieb schon seit längerem an einem Roman. Eine Überschrift stand schon: „Die Ochsentour".

Da Tanne wusste – sie hatte die Diagnose selbst gestellt -, dass sie an „Prokrastination" litt, würde das Werk noch nicht so schnell fertig werden. Außerdem war sie immer noch auf der Suche nach dem von Lesern geforderten Spannungsbogen. Mehrere Termine für die erste Lesung hatte sie anvisiert, sozusagen als Heimspiel im Wackeruper Krug, doch bisher mussten diese stets abgesagt werden, weil wieder eine Schreibblockade sie um Monate zurückwarf.

„Tanne, sag einfach Bescheid, wenn das Werk druckfertig auf dem Tisch liegt", sagte ihr Ex, der Gastwirt, pragmatisch. „Dann ist doch immer noch Zeit für die Saalreservierung."

Tanne blieb noch einen Augenblick auf ihrer Bank sitzen und lenkte ihre Aufmerksamkeit auf die Geräusche, die nur der Sommer hervorbrachte:

Das ferne Stampfen des Ausflugsdampfers, kreischende Kinder unten am Strand und Möwen, die sich irgendwo um Essensreste stritten. Sie seufzte wohlig, stand auf, sah der Wandergruppe ein letztes Mal hinterher und dachte: Bis zum nächsten Samstag. Für heute ist die Vorstellung zu Ende. Jetzt geht es in die wohlverdiente Mittagsstunde.

Juli

Gesine

An einem warmen Morgen Mitte Juli, als Pelle die Wintergerste drosch und alle anderen ebenfalls ihren Aufgaben nachgingen, wollte Betty sich nützlich machen und bot sich an, die Lieblingssau von Pelle – Gesine – vom Bauern Hauke Bröselmann, der noch einen Sattelschweineber besaß, wieder abzuholen.

Auf Drängen von Mads, für Ferkelnachwuchs zu sorgen, hatte Pelle nachgegeben. Er freute sich insgeheim, dass der junge Mann langsam wieder eine Sattelschwein-Herde aufbauen wollte.

Die Sau machte seit einer Woche bei Bröselmann „Urlaub" und hatte sich mit dem Eber „Opus" verlustiert.

Hauke Bröselmann wohnte „drei Dörfer weiter" und war einer der wenigen Bauern weit und breit, der selbst noch einen Eber hatte. Die meisten Schweinehalter ließen ihre Sauen schon lange künstlich besamen. Der Eber war ein gewaltiger Bursche und trug seinen Namen zu Recht, denn das „Werk" zwischen Opus und Gesine war bereits mehrfach erfolgreich vollendet worden.

Betty freute sich über die Aufgabe, spannte den Anhänger hinter den alten Mercedes, wie sie es früher gelernt hatte und streute reichlich Stroh auf die Ladefläche, packte die Sperrgitter ein und fuhr zu Bröselmann, um die Sau abzuholen.

Hauke wartete bereits auf dem Hofplatz auf sie und nahm das Deckgeld in Empfang.

Dann stellten sie die Sperrgitter auf und versuchten, die Sau langsam und mit freundlichem Singsang auf das Gespann zu treiben.

Gesine wollte nicht so richtig mitspielen, die Trennung von Opus fiel ihr sichtlich schwer. Betty hatte vorgebeugt und den Anhänger zur Hälfte mit kleinen Strohballen beladen. Sie zwängte die Sau zwischen mehrere Ballen und verschloss den Anhänger mit einer Plane, die jedoch genügend Frischluft durchließ, denn sie war etwas zu kurz geraten und schloss die Hinterfront nicht vollständig ab. Betty verabschiedete sich von Hauke Bröselmann und fuhr los. Im Radio wurde bekannt gegeben, dass die amerikanische Synchronstimme von Minnie-Maus, Russi Taylor, mit 75 Jahren gestorben war. Was nicht so bekannt war: Sie war im wahren Leben mit der Synchronstimme von Micky Mouse verheiratet gewesen. Das waren Neuigkeiten, die die Welt bewegten.

Betty suchte genervt einen anderen Sender. Da begann gerade der „Kurier am Mittag". Schon stellte sich ein Hungergefühl ein, denn um diese Zeit wurde auf dem Hof meistens die Mittagspause eingeläutet.

Sie trat etwas mehr auf das Gaspedal. Natürlich war die Ampel in Ballerup wie immer rot und als sie anfuhr, überholte sie auch noch ein Raser, dem alles zu langsam ging. Merkwürdigerweise scherte dieser vor ihr wieder ein, bremste und zwang Betty zum Anhalten. Bevor sie eine Tirade loswerden konnte, kam der Fahrer auf sie zugelaufen und fragte aufgeregt: „Haben Sie gar nichts gemerkt? An der Ampel ist ihr Schwein aus dem Hänger gesprungen und hat sich Richtung Hemstoft vom Acker gemacht." Er lachte über sein Wortspiel, setzte sich in seinen Rover und fuhr davon. Betty parkte ihr Gefährt auf dem Seitenstreifen und rannte los, um die Sau zu suchen. Doch Gesine war weit und breit nicht zu sehen. Der Weizen auf dem ersten Feld Richtung Hemstoft stand hoch und irgendein Jungbauer mit Drohne stand für die Sauensuche nicht zur Verfügung. Betty musste unverrichteter Dinge nach Hause fahren. Friedas leckeres Essen rückte in weite Ferne.

Pelle, der noch seine Bahnen fuhr, sprang sofort vom Mähdrescher, als Betty ihm ihr Missgeschick berichtete. Das hatte ihm gerade noch gefehlt. Dafür war jetzt keine Zeit. Doch Gesine lag ihm mehr am Herzen als die Getreideernte. Er telefonierte mit den Jägern, einigen Bauern und der Polizei, um sie für die Suche nach dem Schwein einzuspannen. Auch ein paar Nachbarn erklärten sich bereit, mit zu suchen.

Pelle ging zu Mads und bat ihn, weiter zu dreschen. Dann fragte er Ellis, ob sie mit Mads tauschen konnte, um dessen Ackerarbeit fortzusetzen. Sie willigte erfreut ein. Endlich konnte sie wieder Trecker fahren. Die störrische Sau sollten andere suchen.

Pelle machte sich mit seiner zusammengetrommelten Truppe auf die Suche. Vergeblich. Abends gingen sie unverrichteter Dinge wieder nach Hause. So ging das eine Woche lang. Dann wurde die Suche aufgegeben, obwohl auch eine Drohne zum Einsatz gekommen war. Alle versprachen, Augen und Ohren offen zu halten. Spätestens in zwei Monaten, wenn die Getreideernte beendet war, würde man das Schwein finden. Hoffentlich lebendig, hoffentlich unverletzt.

„Wenn sie so schlau ist, wie du immer behauptest, Pelle, dann wechselt sie im August vom abgedroschenen Getreideacker zum Maisfeld", sagte ein Jäger. „Dann findest du sie erst im Oktober."

Oktober, eine lange Zeit! Er rechnete aus, dass – sollte Gesine noch am Leben sein – im Oktober die Ferkel zur Welt kamen. Vor seinem geistigen Auge liefen die Kleinen zitternd und frierend im Nebel auf kaltem Ackerboden herum, während Gesine tot in einem Graben lag. Das ging Pelle ganz schön an die Nieren.

Es war nicht das erste Mal, dass er um eine Sau trauerte. Allerdings lag diese Begebenheit schon Jahre zurück. Caro lebte noch und feierte mit ihren Künstlerfreunden in der Küche des Witthus-Hofes. Pelle kam von einer Versammlung zurück und wollte noch eine Runde durch den Stall drehen, weil er keine Lust auf alkoholisierte Gäste hatte. Die kleine Betty lag glücklicherweise schon im Bett.

Im ersten Sauenstall knipste er nur das Notlicht an, um die Sauen nicht zu erschrecken. Er wusste sofort, dass etwas nicht stimmte. Es herrschte eine gespenstische Ruhe. Üblicherweise grunzten ein paar Sauen leise oder sie bewegten sich im Stroh. Schlagartig wurde ihm bewusst, dass die Lüftung ausgefallen war und einige der Sauen bereits umgekippt waren. Einige versuchten vergeblich, durch die Ritzen ihres Gatters an Frischluft zu kommen.

Pelle schaltete das Neonlicht an und sah die Katastrophe. Die meisten Schweine lagen röchelnd auf dem Boden, einige rührten sich nicht mehr.

Nie im Leben würde er es alleine schaffen, die ohnmächtigen Sauen aus dem Stall zu ziehen. Panisch rannte er über den Hofplatz, riss die Küchentür auf und brüllte: „Alle mal herhören..." Mit einem Blick erfasste er die Stimmung, die laute Musik, das aufgekratzte Lachen, den Kranz aus leeren Jägermeisterflaschen auf dem Küchentisch und deren Kartons auf dem Fußboden.

„Ach, der aufgebrachte Ehemann kehrt zurück", lallte einer der Künstler.

Pelle schrie: „Halt die Klappe! Meine Sauen krepieren gerade! Die Lüftung ist ausgefallen!"

„Pelle, verdirb uns nicht die kre-a-ti-ve Stimmung", setzte Caro an.

„Dort draußen im Stall verrecken meine Schweine, weil die Lüftung ausgefallen ist!"

Es wurde mucksmäuschenstill in der Küche und einer der Gäste fragte: „Können wir irgendwie helfen?"

Caro begriff den Ernst der Lage und rief hysterisch: „Wir müssen helfen! Die Sauen müssen an die frische Luft!"

Pelle schnauzte den Gast an: „Wenn du helfen willst, dann komm mit raus!" Der Angesprochene rannte hinter Pelle her und mehrere Gäste folgten ihnen.

Im Stall holte Pelle Stricke und sie halfen ihm, die schweren Sauen aus dem aufgeheizten Stall auf die Betonplatte vor dem Güllebehälter zu ziehen. Die anderen Gäste standen hilflos an der Seite und schauten zu.

Als alle Sauen im Freien lagen, stürmte Pelle in die nächsten Ställe und atmete auf. Dort lief die Lüftung und alles war normal. Dann kehrte er zur Betonplatte zurück. Das Ergebnis war verheerend: Von den fünfzehn Sauen hatten es fünf nicht überlebt.

Es fanden sich tatsächlich noch ein paar Männer, die Pelle halfen, die fünf toten Schweine unter eine Plane zu legen, wo der Abdecker sie später abholen konnte.

Daran erinnerte sich Pelle jetzt. Damals hatte er auch um seine Schweine getrauert. Er schüttelte sich bei dem Gedanken, welche Wut er auf Caro und ihre feiernden Freunde gehabt hatte. Ab da wurde auf dem Witthus-Hof keine einzige Fete mehr gefeiert und die Funkstille zwischen den Eheleuten nahm zu.

Pelle schüttelte die Erinnerung ab und begrüßte Tanne, die mit einer Buddel Aquavit auf einen Schnack vorbeikam. Sie wusste natürlich von dem Verlust der Sau. Auf dem Kliff blieb nichts lange verborgen. Die jungen Leute saßen am Küchentisch und versuchten, die unglückliche Betty und den grübelnden Pelle zu trösten. Die Stimmung war getrübt.

Pelles Tagebuch, 5. Juli 2019

Ich mag gar nicht daran denken, dass meine Prachtsau mit gebrochenen Hinterläufen irgendwo qualvoll verendet. Heute habe ich Betty in aller Frühe geweckt. Zusammen haben wir die Weizen- und Gerstenfelder in der Umgebung von Hemstoft abgesucht, bevor es wieder heiß wurde. Wir haben den Radius ausgeweitet, mussten jedoch ergebnislos zurückfahren. Betty hat die ganze Zeit geheult, aber nützt ja nichts. Ich habe mich gleich danach wieder auf den Mähdrescher gesetzt. Verzögerungen bei der Feldarbeit können wir uns nicht leisten.

Mads erinnert sich

Die Getreideernte Ende Juli kam so zuverlässig wie der Feuerquallenschwarm in der Förde. Das Wetter verhielt sich nach den Prognosen des Experten im Fernsehen. Während sich unten auf der Förde die Segler tummelten und am Strand das Leben tobte, saß Pelle erneut auf seinem alten Mähdrescher und der Staub flog ihm um die Ohren, denn eine Fahrerkabine gab es nicht. Mads fuhr auf dem Trecker neben ihn und ließ sich den Anhänger mit Korn füllen. Die Zusammenarbeit klappte hervorragend.

Es kam nicht selten vor, dass die beiden, statt abends zu duschen, sich bei einem abendlichen Bad in der Förde, kurz vor der Dunkelheit, die Staubkruste vom Körper spülten. Danach legten sie sich in den kühlen Sand, streckten alle Viere von sich und ein tiefes Gefühl der Zufriedenheit überkam sie. Sie sprachen nicht, sondern sahen zu, wie die Sonne verschwand und die Farben des Tages mit sich nahm.

Der Himmel umhüllte sich langsam mit einem dunkelgrauen Umhang, durchwebt mit letzten organgefarbenen Fäden.

Eines Abends, die Helle des Tages ging in Dämmerung über, saßen die beiden am Strand. An einen Felsstein gelehnt tranken sie ein Feierabendbier.

„Das tut so gut", sagte Mads und nahm einen Schluck.

„Heute haben wir richtig viel geschafft", antwortete Pelle.

„Ich wollte dir schon lange sagen, dass es mir bei euch auf dem Witthus-Hof richtig gut geht. Das Arbeiten macht Spaß, das Zusammenleben auch."

„Habe ich gemerkt", grinste Pelle.

„Und als Opa Thadsen auch noch aufgetaucht ist, um zu helfen, das war großes Kino. Wo sollte er denn sonst hin, wenn nicht zum Kliff?"

„Na ja. Er ist ausgebüxt und das halbe Pflegeheim hat nach ihm gesucht."

„Ich fand es lustig. Und der Alte hat das Treckerfahren noch voll drauf. Als ich ihn fahren sah, musste ich an eine Geschichte denken, die ich auf dem Thadsen-Hof früher einmal erlebt habe. Damals musste ich Trecker fahren. Ich war ungefähr sieben Jahre alt."

Und dann erzählte Mads die Geschichte, an die er sich mit Schaudern erinnerte und die er nicht vergessen konnte:

Es war während der Osterferien. Ellis hatte ihn für ein paar Tage auf den Thadsenhof eingeladen. Da sich seine Mutter Inga gerade eine neue Arbeitsstelle suchen musste, passte es ihr gut in den Kram, dass sie ihren Sohn abgeben konnte.

In dieser Zeit war eines Tages Steine sammeln angesagt. Die Erwachsenen kamen mit Eimern auf den kahlen Acker, um die Steine ab Faustgröße einzusammeln. Thies hatte den spielenden Mads kurzerhand aus der Stube geholt und ihn neben sich auf den Beifahrersitz des Treckers gesetzt. Dann war er mit ihm zum Feld gefahren. Dort angekommen, stieg er aus, ging zur Beifahrertür und sagte zu dem Jungen: „Rutsch rüber, du musst den Trecker fahren." Mads bekam einen Riesenschreck, denn er hatte regelrecht Angst vor dem Ungetüm. Er ängstigte sich vor allen Maschinen seines Vaters, die größer waren als sein Fahrrad. Er zitterte am ganzen Körper, als er auf den Fahrersitz wechselte. Thies war das nicht entgangen, aber da konnte er jetzt keine Rücksicht darauf nehmen. Er stellte den Fahrersitz so weit wie es ging nach vorne und klemmte Mads ein Kissen in den Rücken. Dann zeigte er dem Kleinen, wie die Kupplung gedrückt werden musste und legte den Gang ein. „Linken Fuß langsam kommen lassen und mit dem rechten ganz langsam das Gaspedal drücken." Mads hatte Mühe, mit den Füßen überhaupt ein Pedal zu erreichen. Mehrmals würgte er den Motor ab. Als es endlich klappte und er mehr stehend als sitzend am Lenkrad hing und mit dem rechten Fuß leicht das Gaspedal drückte, sprang Thies vom Trecker und beteiligte sich an der Steinesammelaktion. Er drehte sich kein einziges Mal mehr um, sondern lief wie die anderen kreuz und quer in seinem unausgesprochen abgesteckten Sammelgebiet und leerte wie die anderen seine Eimer auf den Anhänger. Er sah nicht die aufgerissenen Augen seines Sohnes, der sich an das Lenkrad klammerte und krampfhaft versuchte, die Richtung zu halten, die sein Vater ihm vorgegeben hatte. Mit der Zeit konnte er kaum noch sein rechtes Bein spüren und Tränen rannen ihm über das Gesicht. Irgendwann konnte er sich nicht mehr halten und er rutschte unter das Lenkrad. Der Motor gab den Geist auf. Thies kam angerannt und sah das Häuflein Elend in der Kabine kauern. Als er sah, dass Mads schluchzte, wurde er erst richtig wütend. Er beschimpfte seinen Sohn als Memme, zu nichts zu gebrauchen und jagte ihn vor den Augen der Erwachsenen vom Feld. Dann stieg er selbst auf den Fahrersitz und fuhr im Schneckentempo weiter.

Mads rannte zurück zum Hof und verschwand in der Scheune, um auf dem Strohboden in seiner geheimen Ecke den Tränen freien Lauf zu lassen.

Als Ellis über den Hofplatz zum Abendbrot rief, hatte er keine Tränen mehr. Der Hunger meldete sich. Langsam stieg er die Leiter hinunter und trottete über den Hofplatz. Opa Thadsen wartete vor der Haustür auf ihn und strich ihm über die Haare. „Kopp hoch, mien Jung", sagte er nur und ließ ihm den Vortritt. Mads streifte die Schuhe ab, wusch sich die Hände und einmal über das Gesicht. Er schniefte kurz und ging dann in die Küche, wo der Abendbrottisch gedeckt war. Langsam füllte sich der Raum mit den Steinesammlern, die sich aus Vorfreude auf Frikadellen, Kartoffelsalat und ein Bierchen lachend setzten. Einer knuffte den Jungen freundschaftlich und setzte sich neben ihn. Thies sagte kein Wort zu seinem Sohn, sogar die Luft wurde besser behandelt.

Mads schloss seinen Bericht mit den Worten: „An diesem Tag schwor ich mir, auf keinen Fall in die Landwirtschaft zu gehen."

„Und heute sieht man, dass der Schwur ein Meineid war", lachte Pelle.

Es entstand eine vertraute Pause. Sie beobachteten die kleinen Wellen, die von einer unsichtbaren Kraft an Land getragen und an einer Leine wieder zurückgezogen wurden. Immer und immer wieder. Die Wellen gaben nicht auf, man konnte zusehen, bis einem die Augen schwer wurden.

In einer Stunde wäre alles von der Dunkelheit verschlungen. Deshalb gingen sie langsam den Weg zum Kliff hoch, vorbei an Knuts Haus, das unbeleuchtet war. Nur bei Tanne in Nr. 3 brannte Licht. Sie saß vor dem Fernseher, wie die beiden feststellten, denn die Vorhänge waren nicht zugezogen.

Sie drehten noch eine Runde hinter dem Haus bis zu den Parzellen und unterhielten sich, dass in den Mietbeeten die Kräuter und das Gemüse prächtig wuchsen. Zwischen den Reihen säumten Ringelblumen, Kapuzinerkresse und Borretsch die Wege. Die Parzeller ernteten bereits und füllten ihre Körbe mit Ackerfrüchten, die sie gar nicht alle essen konnten.

„Die Gärtner ernten zurzeit wie verrückt. Sie haben viel zu viel angebaut, können selbst gar nicht so viel essen und bringen Frieda körbeweise ihr Gemüse vorbei", sagte Mads.

Frieda zauberte daraus Tartes und Möhrenkuchen, die sie an umliegende Restaurants lieferte oder der Gärtnergemeinschaft zu Kaffee und Tee gegen Spende servierte. Es hatte sich inzwischen herumgesprochen, dass sie die besten Rezepte hatte und diese in ihrer „Stuuv", einem Unterstand an der Scheune, servierte. Je nachdem, was gerade von den Parzellern abgegeben wurde, zauberte sie Eintöpfe und Gemüseaufläufe, die mit frischem Salat gegessen wurden. Manchmal steuerte Knut ein paar Fische bei. Frieda war dank Facebook und Co. zu einem gastronomischen Geheimtipp geworden und an den Wochenenden kamen immer mehr Gäste aus der Stadt oder Touristen vom Strand zum Kliff, um bei Frieda einzukehren.

„Ja", sagte Pelle, „in diesem Jahr wächst alles prächtig. Die meisten der Parzeller haben noch nie selbst geerntet und sind wie im Rausch."

Mads berichtete, dass die Parzeller bereits ein Erntefest planten und besonders Dr. Blaukorn sich als Ideengeber engagierte. Er organisierte bereits ein Zelt, kannte eine Drei-Mann-Band, die für Unterhaltung sorgen konnte und hatte bei der Feuerwehr Randby bereits nach einem großen Grill gefragt. Den anderen Mitstreitern war es recht, solange auch Gemüse, Halloumi und vegane Sojasteaks auf den Grill kamen und nicht nur Schweinewürstchen und echte Steaks.

Drohgebärden

Eines Tages stand plötzlich Thies Thadsen am Parzellenrand und schaute dem munteren Treiben mit finsterer Miene zu. Mads, der einer Gärtnerin beim Kistenverladen half, beobachtete ihn aus den Augenwinkeln. Als er die Kiste mittels einer Sackkarre Richtung Parkplatz transportierte, damit sie in das Auto verladen werden konnte, fing Thies ihn ab.

„Bei euch geht es ja zu wie im Taubenschlag", sagte Thies.

„Moin erstmal", antwortete Mads.

„Eure Leute parken mir am Wochenende die ganze Einfahrt zu."

Mads wusste, dass dies nur ein Vorwand war und dass etwas anderes im Busch lauerte. Thies kam auch gleich zur Sache.

„Du kannst der Spitze deiner Genossenschaft ausrichten, dass sie mit mir richtigen Ärger bekommt, wenn sie noch einmal meinen Vater auf einen Trecker setzt."

Mads blieb stehen und sah Thies an: „Wieso? Ist doch gar nichts passiert. Der alte Thade fuhr doch wie eine Eins." Er konnte sich ein Grinsen nicht verkneifen, was seinen Vater nur noch mehr erboste.

Da sich immer mehr Parzeller um sie scharten und neugierig dem Disput lauschten, räumte Thies das Feld, nicht ohne zu drohen:

„Wenn dem Alten was passiert, seid ihr dran. Nur als Warnung für das nächste Mal. Der schnallt doch gar nichts mehr und dann setzt ihr ihn noch auf den Trecker!" Und zu den Umstehenden gewandt: „Wer bei mir in Zukunft oben die Einfahrt zuparkt, den lasse ich abschleppen."

Natürlich wollten alle wissen, was los war und Mads erzählte die Geschichte.

Der alte Thade büxt aus

Der alte Thadsen war vorige Woche aus dem zehn Kilometer entfernten Pflegeheim ausgebüxt. Er hatte sich an die Nordstraße gestellt. Ein junger Flensburger staunte nicht schlecht, als er den Tramper am Straßenrand sah. Das heißt, so richtig hielt der Alte den Daumen nicht raus. Es war eher ein Flügelschlagen mit dem rechten Arm. Der Fahrer dachte an einen Notfall, fuhr rechts an den Seitenstreifen und hielt an.

„Ist was passiert?" fragte er.

„Nö", lächelte der Alte. „Können Sie mich mitnehmen? Ich wohne in Randby."

Wie junge Leute manchmal so sind, wundern sie sich bei alten über überhaupt nichts. Deshalb nickte er und hielt dem Opa die Beifahrertüre auf.

„Na klar. Randby kenne ich."

Auf der kurzen Fahrt unterhielten sich beide prächtig und der Fahrer erfuhr, dass Thade der Altbauer vom Thadsen-Hof war. Neugierig geworden, ob die Geschichte des Alten wohl so stimmte, fuhr der junge Mann den Anweisungen seines Mitfahrers folgend durch das Dorf Randby, an der Mühle vorbei, hinunter zum Kliff. Unten beim Parzellen-Parkplatz gab der Alte das Zeichen zum Anhalten. Er bedankte sich mit „Endstation, vielen Dank auch" und stieg aus.

Als die Mitfahrgelegenheit nicht mehr zu sehen war, machte sich Thade zielstrebig auf den Weg zum Witthus-Hof, wo ihm als Erstes Betty begegnete, die im Haupthaus Getränke für die Kartoffelsammler holen wollte.

„Opa Thadsen, was machst du denn hier?" rief sie ihm zu.

„Ick wull mithölpen."

„Wobei denn?"

„Bi de Ernte. Ick kunn de Trecker fohrn."

Bevor sie ablehnen konnte, fiel ihr ein, dass der Alte zwar nicht den Eindruck machte, hundert und zweihundert zusammenrechnen zu können, doch beim Stichwort „Trecker" hielt sie inne. Vielleicht war er wirklich eine Hilfe, denn sie wusste, dass Demenzkranke die Handgriffe von früher beherrschten wie nichts anderes. Und da sie heute mit dem alten kleinen Trecker unterwegs waren, konnte es einen Versuch wert sein.

Als Betty mit Thade am Kartoffelacker ankam, waren alle überrascht, Opa Thadsen zu sehen. Ellis ließ alles stehen und liegen und eilte zu ihm.

„Wie kommst du hierher?" fragte sie erstaunt, da sie wusste, dass Thies seinen Vater kurz nach der abgesagten Silberhochzeit ins Pflegeheim nach Hemstoft gebracht hatte, wo sie ihn ab und zu besuchte. Er hatte bestimmt keinen Freigang.

„Ick wull hölpen", wiederholte er. „Im Treckerfohrn bin ick een oller Hos".

„Was sagt er? Was ist mit seiner Hose?" fragte Frieda.

„Im Treckerfahren ist er ein alter Hase", übersetzte Ellis lachend.

„Na, denn man rauf auf den Bock", rief Mads und überließ dem Alten das Fahrzeug. Thade musste zwar auf den Sitz gehievt werden, aber dann fand er sich sofort zurecht. Glücklich winkte er den anderen zu und fuhr langsam an.

Ellis informierte inzwischen die Heimleitung, die den Alten bereits gesucht hatte und versprach, ihn abends wieder wohlbehalten abzuliefern.

Pelle begrüßte die spontane Hilfsaktion, denn sie waren heute mit Helfern knapp. Es war eine mühevolle Arbeit. Hinter den Trecker war ein kleiner Schwingsiebroder gespannt, der die ersten Kartoffeln des Jahres aus der Erde hob und auf die Seite legte. Um sie möglichst wenig zu beschädigen wurden diese dann per Hand von den Sammlern in Säcke gefüllt. Im September würde dann der große Roder vom Lohnunternehmer kommen und die Kartoffelernte wäre in zwei Tagen erledigt. Bis dahin wurden die Kartoffeln, die wöchentlich sortiert und an umliegende Geschäfte geliefert wurden, auf die schweißtreibende Art aus der Erde gehoben. Mads nahm sich fest vor, im Winter eine Erfindung zu machen, die dieser Ackerei ein Ende bereitete. Er hatte gedanklich bereits einen Pfeil im Köcher.

Thade fuhr Reihe um Reihe, genau im richtigen Tempo, während die Kartoffelsammler hinter ihm herkrochen. Stolz saß er auf seinem Thron, während ihm die Kolonne belustigt folgte.

Als die kleine Ernte sich dem Ende näherte, musste der Alte gestützt werden, um von dem Fahrzeug heil herunterzuklettern, doch alle waren voll des Lobes und Thade strahlte, wie wenn er eine Trophäe beim Preispflügen gewonnen hätte.

Nach einem kurzen Abendbrot fuhr Ellis ihn wieder ins Heim. Vor der Tür weigerte er sich zunächst auszusteigen. Ellis redete mit Engelszungen auf ihn ein. Erst als sie ihm versprach, ihn bald wieder für einen Treckereinsatz abzuholen, war er bereit, sich von ihr die Stufen hoch begleiten zu lassen.

Das war die Geschichte, die Mads den Parzellern berichtete. Es gab überhaupt keinen Grund für seinen Vater, sich derart aufzuspielen, fand er.

Titanic für Arme

An einem Wochenende standen die Kinder der Hobbygärtner am Feldrand Schlange, um auf dem Mähdrescher zwei oder drei Runden mitzufahren. Pelle warnte die Schar vor Staub und juckenden Gerstengrannen, die ließ sich davon nicht beeindrucken. Sie hatten mächtig Respekt vor diesem Koloss, der die Ähren fraß wie ein hungriger

Drache und sogar einen Kornbunker hatte, wie der Bauer erklärte.

Nicht selten vertrauten die Kinder dem Bauern ihre Sorgen an. Dass die Eltern sich getrennt hatten und der Aufenthalt beim Vater in Berlin ein Gräuel war. Drei lange Wochen Berlin! Dabei wäre es hier am Kliff doch viel schöner, wenn die Mutter am Wochenende mit den Kindern zu ihrer Gemüseparzelle fuhr. Mit den anderen Parzellenkindern konnte man unten am Strand Krebse fangen und baden, solange man wollte.

Ein kleiner Junge schüttete ihm sein Herz aus. Er wäre froh, dass Ferien seien, denn er würde wegen seiner Segelohren in seiner Klasse immer gemobbt.

„Du hast verkehrt herum auf dem Storch gesessen, als er dich gebracht hat", würden sie ihn hänseln.

Pelle sah in das verschmierte Gesicht des Kleinen und fühlte mit ihm.

„Weißt du, ich bin in der Schule früher auch oft gehänselt worden, weil ich angeblich nach Schweinegülle stank. Dabei musste ich mich jeden Morgen mit Kernseife von Nack bis Hack waschen. Und auf die Haare kam ein Schuss Kölnisch Wasser von meiner Mutter. Das stank viel mehr."

Der Junge lachte und Pelle setzte ihn am Ackerrand ab.

Nun stieg ein älteres Mädchen zu ihm hinauf. Sie stand bei voller Fahrt neben Pelle und breitete die Arme aus.

„Du musst dich festhalten, sonst kann ich dich nicht mitnehmen", warnte der Bauer.

„Das ist hier doch wie auf der Titanic", antwortete sie. Das wäre ihr Lieblingsfilm. Pelle schüttelte den Kopf und fragte: „Gibt es nicht einen Lieblingsfilm, der weniger gefährlich ist? Halt dich fest!"

Da das Mädchen nicht auf ihn hörte, hielt Pelle am Knick an und sagte: „Na, dann schnell ins Wasser und den Staub abspülen. Hoffentlich triffst du auf keinen Eisberg." Das Mädchen maulte nicht, gab ihm zum Abschied sogar die Hand und Pelle sah sie mit ausgebreiteten Armen zu den Parzellen flitzen.

Abends brachte ihm Ellis einen Korb mit belegten Broten. Dazu Tomaten, Radieschen und kleine Gurken mit vielen Grüßen von den Gärtnern. Beim Tee und Imbiss tauschten sie die Begegnungen des Tages aus.

„Stell dir vor", erzählte sie, „heute stand plötzlich ein Kind von den Städtern bei mir in der Küche. Stumm wie ein Fisch. Als ich den Jungen fragte, was er denn wolle, druckste er herum und fragte schließlich, ob er bei uns Mittag essen dürfte."

„Wie bitte?", fragte Pelle kauend.

„Der Junge hatte mitbekommen, dass es bei uns jeden Tag Mittag gibt. Die Mutter kann unter der Woche kein Mittagessen machen, weil sie bis 17 Uhr arbeitet und das Kind dann von der Ganztagsbetreuung abholt. Dort bekommt der Lütte zwar Essen, aber was ich herausgehört habe, würde er gerne einmal in einem familiären Kreis Mittag essen. Die Erfahrung fehlt ihm wohl noch."

„Es ist nicht zu fassen! Was für uns Alltag ist, ist für die Städter etwas Besonderes und cool. Du kannst den Lütten ja einladen, aber nur einmal. Nicht dass nachher die ganze Kinderschar aus den Parzellen bei uns am Mittagstisch sitzt, weil zuhause nicht gekocht wird. Sachen gibt es!"

Ellis fragte: „Soll ich dich ablösen?"

Pelle schüttelte den Kopf: „Ich mache maximal noch eineinhalb Stunden, dann kommt die Feuchtigkeit und ich höre auf."

Ellis schmollte: „Ich würde dich gerne ablösen. Wenn du dich richtig entsinnst, habe ich Landwirtschaft und nicht Hauswirtschaft gelernt."

Pelle schaute sie an, lachte, stieg vom Mähdrescher und überließ ihr das Steuer.

„Deine Ausbildung soll nicht umsonst gewesen sein, liebe Ellis", grinste er, verbeugte sich, packte die Becher und Dosen in den Korb und stapfte nach Hause. Irgendwie war es ein schönes Gefühl, sich mit jemandem zu kabbeln.

Pelles Tagebuch, 27. Juli 2019

Die diesjährige Getreideernte lief reibungslos. Wir haben das Korn trocken mit nur 15 Prozent Feuchtigkeit geerntet. Der Wind war unser Helfer. Nicht wie im letzten Jahr, als es tagelang windstill war. Schlecht für die Segler, die nur mit Motor vorwärtskamen und schlecht für die Bauern, die auf das Abtrocknen des Weizens hofften. Dieses Jahr hatte ich mit Ellis und Mads Helfer, die Ahnung hatten und beim Strohfahren haben auch meine Mitbewohner und sogar drei Parzeller mit angepackt. Für sie war es ein Erlebnis der besonderen Art.

Ich merke, dass ich langsam für das Staken und Ballenabladen zu alt werde. Mir tat schon nach zwei Stunden der Rücken weh. Ganz zu schweigen von meiner Atemnot. Die anderen ließen mich (aus Mitleid) den Ballenwerfer bedienen. Das war eine neue Erfahrung, aber ich kam damit zurecht.

Irgendwie liegt Gewitterdunst in der schwülen Luft. Die kleinen Fliegen krabbeln schon überall herum und jucken auf der Haut. Im Wetterbericht hat es keiner der Experten vorausgesagt, aber ich habe es im Gefühl.

P.S. Gegen Mitternacht hörte ich das erste Grollen und dann ging es ganz schnell. Keine zehn Minuten später entlud sich der Himmel, zwei dröhnende Donnerschläge ließen mein Herz schneller schlagen. Ich nahm die Taschenlampe und suchte im strömenden Regen den gesamten Hof ab. Auch im Stall sah ich nach dem Rechten. Die beiden Sauen lagen unaufgeregt im Stroh wie Touristen im Strandsand bei Wackerup und rührten sich nicht einmal, als ich in die Bucht leuchtete. Muss morgen nachsehen, wo der Blitz eingeschlagen hat.

Pelles Tagebuch, 28. Juli 2019

Nachtrag: Der Blitz hat in eine Buche neben Tannes Haus eingeschlagen. Von wegen „Die Buche suche." Es ist nichts passiert. Tanne war nicht zuhause. Sie hat eine Freundin besucht und es gar nicht mitbekommen.

August

Trübe Aussichten

Als Pelle an diesem ersten Augustmorgen unter seinem Scheunendach stand und die Mehlschwalben beobachtete, die mit ihren Stakkatotrillern ihre Nester unter dem Dach anflogen, um ihre zweite Brut zu füttern, befiel ihn eine Ahnung, dass die heißen und trockenen Tage bald vorbei sein könnten.

Oberhalb seines Kartoffelackers, auf dem Feld seines Nachbarn, konnte man an der riesigen Staubwolke erkennen, dass Thies seinen letzten Schlag Raps drosch. Pelle betrachtete die leuchtend roten Haspeln über dem Schneidwerk des Mähdreschers, die gefräßig die dichten Rapsteppiche in ihr Maul schoben, um sie am Hinterteil der Dreschmaschine als gehäckseltes Stroh wieder auszuscheiden. Wenn der Tank voll war, wurde das „schwarze Gold", wie Thies seinen Raps zu nennen pflegte, über einen riesigen Schnorchel auf den bereitstehenden Anhänger geblasen.

Pelle wartete nervös auf die Handvoll Kartoffelsammler, die er für vormittags um elf Uhr kurzfristig zusammengetrommelt hatte, denn so langsam lief ihm die Zeit weg. Bevor der große Roder im September kam, wollte er mit seinem kleinen Roder schon einmal einen halben Hektar „Lenka" aufnehmen.

Auch Mads hatte den zuverlässigen dänischen Wetterbericht gehört und wurde nervös. Er bestellte für die Ernte seiner „Roten Dora", einer frühen Sorte, einen Lohnunternehmer, der ihn zwischen zwei Aufträge schob. Um Mitternacht lagen Mads' Kartoffeln trocken, in Kisten gesammelt, in der Lagerhalle.

Pelle hatte für seine Kartoffelernte ein paar Hobbygärtner von den Parzellen mobilisiert, die mit Eifer zusagten. Bis dahin wussten sie nicht, was der Rücken beim gebückten Sammeln aushalten musste.

Da Tanne in ihrem Alter nicht mehr auf dem Feld herumkriechen wollte und Knut mit seinen Touristenführungen und Kutterfahrten beschäftigt war, standen von den Kliffern nur Betty, Frieda und Ellis zur Verfügung. Letztere ließ ihre Verbindungen zu den Landfrauen in Randby aufleben, die mit zwei von den „jungen Landfrauen" die Sammelkolonne verstärkten. Mads schichtete im Kartoffellager mit dem Gabelstapler die vollen Kisten übereinander.

Ellis fuhr den kleinen Roder, der mit seinen Scharen die Knollen aus der Erde schaufelte und sie neben die Furche legte. Die Hilfskräfte sammelten die Kartoffeln in Säcke und ließen sie stehen, damit Pelle sie mit dem Trecker abholen und auf den Anhänger laden konnte.

„Das ist noch echte Handarbeit", lachte eine von den jungen Frauen in einer Trinkpause. „Irgendwie auch gut. Man hat eine Beziehung zu dem Gemüse, das man selbst erntet."

„Deshalb fand ich meinen Beruf auch immer so schön", sagte Pelle. „Vom Säen bis zum Ernten weißt du, wie das Produkt entsteht."

„Das können heute nicht mehr viele Arbeitskräfte von sich sagen", sagte Betty. „Ich hatte einen Freund bei Airbus. Der hat jeden Tag die gleichen Teile verschraubt und war selbst nur ein Rädchen in einem großen Getriebe."

„Ich bin kein Rädchen im Getriebe, doch leichteres Arbeiten wäre schon schön", antwortete Pelle und dachte an seinen Rücken beim Strohfahren. „Bin nicht mehr der Jüngste. Ein Glück, der große Roder, der im September kommt, sammelt die Kartoffeln automatisch auf."

Gegen 19 Uhr, kurz nach dem Abendbrot, machten sich die Parzeller vom Acker, weil sie noch „etwas anderes" vorhatten.

Ellis bemerkte, dass auch die beiden jungen Landfrauen langsam unruhig wurden und fragte sie, ob sie noch etwas vorhätten. Sie nickten und kicherten.

„Wir jungen Landfrauen treffen uns heute Abend im Wackeruper Krug zu einer Veranstaltung."

„Eine Veranstaltung?" fragte Betty interessiert. „Worum geht es?"

„Wir suchen uns Themen, die die jungen Frauen interessieren."

„So was wie Fridays for future für Landfrauen?", fragte Ellis.

„Na ja, nicht ganz. Die Veranstaltung heißt ‚Wie bewege ich mich auf High Heels?'. Dafür müssen wir uns noch frischmachen, umziehen und stylen. Betty, du kannst ja mal reinschnuppern, wenn du möchtest."

Betty lachte: „High Heels? Ich weiß nicht, ob ich da die Richtige bin. Ich dachte immer, Schuhe mit hohen Absätzen wären nur etwas für Endlosbeine. Ich passe da doch nicht so richtig hin." Die jungen Landfrauen widersprachen halbherzig, weil sie los wollten. Sie bekamen ihren Lohn, verabschiedeten sich und stiegen auf die Räder.

Ellis schüttelte den Kopf. Was die jungen Landfrauen heute so für Interessen hatten, es war zum Staunen.

Pelles Tagebuch, 1. August 2019

Ich sitze an meinem Schreibtisch und warte, bis sich die Dunkelheit vollständig über Knicks und Wasser legt. Ich genieße die Ruhe und die Einsamkeit, denn heute ging es auf dem Hof zu wie auf dem Hamburger Fischmarkt zu seinen besten Zeiten.

Ich war froh, dass ich bei der Kartoffelernte so viele Helfer hatte. Aber es ist auch anstrengend, wenn man einige erst einmal einweisen muss, wie man einen Kartoffelsack richtig hält, damit die vollen Eimer hinein gekippt werden können. Auch die beiden jungen Landfrauen kommen nicht mehr aus der Landwirtschaft. Ich habe sie gefragt, ob sie sich vorstellen könnten, einen Landwirt zu heiraten. Die haben sich kaputtgelacht. Ich habe genau gesehen, wie sie dabei heimlich zu Ellis hinübergesehen haben.

Jetzt ist Ruhe eingekehrt, das Haus ist ganz still. In dieser Nacht sollen die Perseidenschwärme am Himmel zu sehen sein. Die Schreibtischlampe hält mich wach. Ich betrachte mein Spiegelbild im Fenster und sehe einen alten Mann mit furchigem Gesicht und lichtem Haupthaar. Soll das alles gewesen sein? frage ich mich. Immer nur Arbeit, Arbeit und wenig Ideen, die Freizeit auszufüllen. Meist lege ich mich auf das Sofa und habe viele Feste verschlafen. Ein Glück, dass ich mich nie für die Feuerwehr gemeldet habe. Ich hätte die Sirene glatt überhört.

Wie so oft denke ich wieder an meine Gesine. Die – wenn sie noch am Leben ist – irgendwo in einem Maisfeld liegt, in ihrem Nest, das sie sich gebaut hat. Der Bauch wächst täglich und die Bewegungen werden beschwerlicher. Ich habe immer noch die Hoffnung, dass wir sie finden, wenn die Maisfelder abgeerntet sind.

Soeben zischte der erste Perseiden-Strahl über den dänischen Himmel. Wie eine Rakete an Silvester. Beim dritten habe ich mir etwas gewünscht. Wenn Ellis das wüsste, würde sie mir den Vogel zeigen.

Pelles Tagebuch 14. August 2019

Ich hatte recht mit meinen Sorgen. Es regnet seit drei Tagen ununterbrochen. Ein Segen, dass wir Weizen, Gerste und einen Bruchteil der Kartoffeln trocken geerntet haben. Mads hat seine gesamten roten Kartoffeln trocken in die Scheune gebracht.

Das ist das Schicksal eines Bauern. Er muss mit dem Wetter leben. Da braucht man starke Nerven, darf nicht ständig auf die Tropfen schauen, die wie eine Horde krabbelnder Käfer am Fenster hinunterlaufen, sonst wird man schwermütig. Wenn die Städter, die immer alles besser wissen, das wüssten, wäre ihr Verständnis vielleicht größer. Immerhin haben die Parzeller schon mitbekommen, dass die Abhängigkeit vom Wetter für den Bauern ein ungleicher Ringkampf ist, einer, bei dem der Bauer oft gefesselt ist und der Gegner freie Hand hat.

Wenn der Regen anhält, kommen in knapp zwei Wochen wohl alle Bauern zur Versammlung des Wasser-

und Bodenverbandes. Dieses Mal lege ich mein Amt als Vorsitzender nieder. Ich habe mich jahrelang breitschlagen lassen.

Rechenschaftsbericht

Pelle besuchte schon seit Jahren kein Fest mehr. Man munkelte im Dorf, der Keimzelle aller Gerüchte, er setze bereits Schimmel an. Besonders bei den alleinstehenden älteren Frauen fiel diese Lästerei auf fruchtbaren Boden.

Die einzige Versammlung, zu der er ging, war die Jahreshauptversammlung des Wasser- und Bodenverbandes. Da musste er zwangsläufig hin, weil er seit über 30 Jahren dessen Vorsitzender war. Seit dieser Zeit hatte es keinen einzigen Gegenkandidaten gegeben. Vor jeder Versammlung begrüßten ihn die Bauern und Anrainer der Wasserläufe überschwänglich: „Moin Pelle, altes Haus. Schön, dich zu sehen. Na, wie immer das Heft in der Hand?" Sie klopften ihm auf die Schulter und hofften, dass er noch eine Wahlperiode durchhielt. Sein Stellvertreter Momme Ketelsen trat auf ihn zu. Er war seit 25 Jahren sein Vize und war als Nummer zwei ganz zufrieden mit seinem Posten. Er hatte heute nichts weiter zu tun, als die Versammlung zu leiten und am Ende dem Vorsitzenden Pelle Witthus als Dank für das vergangene Jahr eine Flasche geelen Köm in die Hand zu drücken. Er kannte das schon: Die Anwesenden würden mit ehrlichem Dank applaudieren, denn alle wussten, niemand nahm es mit seiner Verantwortung für die Wasserläufe so genau wie Pelle. Und niemand hatte Lust auf diesen Posten.

Kurz vor der Versammlung traf er vor dem Gebäude auf Thies Thadsen, der sich bewusst locker neben ihn stellte. Pelle konnte ihn nicht umschiffen. Sie schnackten über Kraut und Rüben.

„Wie geht's, Pelle?", fragte Thies mit falscher Freundlichkeit.

„Kann nicht klagen."

„Was sagst du zur neuen Düngeverordnung?"

„Hm."

„Ich sag dir, die Umweltministerin ist grade dabei, uns mit den Umweltauflagen den Dolchstoß zu verpassen."

„Weiß nicht. Irgendwie kann es mit der Spritzerei so auch nicht weitergehen."

„Das klingt danach, dass du zu keiner Treckerdemo nach Berlin mitkommst."

„Ja, danach klingt es." Pelle wandte sich zum Gehen.

„Schon gehört, dass sich Ove Paulsen das neueste Treckermodell von Johnny Hirsch gekauft hat?", fragte Thies.

„Ja."

„Und Finn Redlefsen arbeitet jetzt auf dem Acker mit GPS."

„Schon gehört", wandte Pelle sich zum Gehen.

Thies war nicht zu bremsen: „Ja, man muss mit der Zeit gehen. Unser Ehrenpräsident Sonnleitner hat es auf den Punkt gebracht: Wer als Lahmer startet, wird nicht schneller. Da bin ich mit ihm ganz d'accord." Er lachte und versuchte, Pelle auf die Schulter zu klopfen. Doch dieser wandte sich geschickt ab, sagte:

„So, ich muss jetzt mal", und ging Richtung Versammlungsraum.

„Ja klar, bist ja die Hauptperson heute Abend", rief Thies hinter ihm her.

Pelle nahm an dem Tisch auf dem Podium Platz und fühlte sich unwohl. Er hatte sich heute zum Thema „Forellen in unserer Au" vorbereitet. Es war ein großes Anliegen von ihm, den Forellenbestand in der Grimstofter Au zu erhöhen. Dafür wollte er etwas Werbung machen.

Während andere Leute bei der Volkshochschule ihre Englischkenntnisse auffrischten, sogar Chinesisch lernten oder beim Autogenen Training schon mal die verpasste Mittagstunde nachholten, saß Pelle zuhause am Computer und studierte „Die Neuansiedlung von Forellen in unseren Gewässern". Damit hatte er vor zwei Jahren die gesamte Versammlung verblüfft. Er hatte im April mit Hilfe von Knut, dem Fischer, 2.000 kleine Forellen an vier verschiedenen Stellen in der Grimstofter Au ausgesetzt. Er grinste bei dem Gedanken, dass er den jungen Hüpfern, die nur die Zuchtbecken kannten, zur Freiheit verholfen hatte. Sie sollten erst einmal die Schönheit der Grimstofter Au kennenlernen. Er hatte beobachtet, wie die jungen Spunde sich mit fröhlichem Flossenschlag Richtung Grimstofter See hinunter machten, wo sie langsam zu Bachforellen heranwachsen sollten. Heute Morgen hatte er sich beim Frühstück daran erinnert, wie er im April mit Knut den Abhang hinaufgestiegen war und wie sie die drei Eimer, die den kleinen Forellen die Freiheit brachten, ausleerten. „Freie Fahrt für freie Fische", hatte er zu seinem Nachbarn gesagt. Dieses Motto gefiel ihm: FFFFF.

Später war er zur Stelle, als die ausgewachsenen Forellen wieder bergauf die Au hochschwammen und sprangen, um zu laichen. Sie kehrten zu ihrem Ursprungsort zurück.

Wie sie ihn fanden, das war ein Rätsel. Pelle liebte diese Momente, wenn die Fische sich freischwammen, die Momente, an denen sie wieder zurückkehrten. Er mochte diese Aufgabe, da redete ihm keiner dazwischen. Er liebte es, an der Au zu sitzen und dem hüpfenden Wasser zuzusehen. Früher gab es hier Hechte, die an schattigen Plätzen standen. Als Junge war er oft mit seiner Schlinge am Stiel hergekommen, um einen Hecht zu fangen. Darin war er Meister. Er schlich sich langsam und ohne Wasser aufzuwirbeln an die bekannten Plätze heran, wo die Hechte sich ausruhten, brachte die Schlinge in Stellung und trat dann einmal fest mit dem Fuß auf. Der Hecht spritzte erschrocken aus seinem Versteck, mit dem Kopf direkt in die Schlinge, die sich blitzschnell zuzog. Pelle hatte wieder ein Prachtexemplar überlistet und zog stolz mit seiner Beute nach Hause. Heute gab es keine Hechte mehr in der Au. Aber die ausgesetzten Forellen entwickelten sich prächtig. Wenn er kein Landwirt mehr war, wollte er sich dieser Aufgabe noch intensiver widmen. Und den Einzigen, den er dabei haben wollte, war Knut. Der konnte schweigen. Wenn es nötig war, den ganzen Tag.

Während der Versammlung wollte er die Anwesenden eigentlich für eine Forellen-Spenden-Aktion begeistern. Doch dann forderte ihn sein Stellvertreter auf, den Rechenschaftsbericht zu halten. Obwohl Pelle schon ewig der Vorsitzende dieses Verbandes war, war er doch bei jeder Jahreshauptversammlung wieder überrascht, dass er einen Rechenschaftsbericht halten sollte. Die Zuhörerschaft kannte folgenden Dialog schon und konnte ihn fast mitsprechen:

„Über welche Periode soll ich denn berichten?", fragte Pelle, der nicht besonders gut vorbereitet war.

„Über die letzten zwölf Monate, Pelle", antwortete sein Vize.

„Ach du Schreck", sagte Pelle. „Reichen nicht auch die letzten drei?"

Thies Thadsen verdrehte die Augen und dachte: The same procedure as every year... Und wie der Schrat wieder aussieht. Kann der sich nicht einmal von seiner alten Cordhose und dieser speckigen Wildlederjacke trennen? Die steht ja schon von alleine. Dass Ellis ausgerechnet bei ihm Asyl gesucht und gefunden hat, werde ich mein Leben lang nicht verstehen. Dass sie nicht zurückkommt, jetzt, wo Tina ausgezogen ist, verstehe ich noch weniger. Hoffentlich kommen wir bald zu den belegten Brötchen, bevor mir der Appetit vergeht.

Der Moderator Ketelsen zuckte mit den Schultern: „Na gut Pelle, dann halte deinen Bericht eben über die letzten drei Monate."

Pelle holte Luft: „Also die letzten drei Monate. Wir haben eine Wasserschau durchgeführt, die Wasserläufe in Holby und in Bekerup kontrolliert und im Moldenkrog zwei Rohre erneuert. Ach ja, und im letzten Frühjahr haben wir in der Grimstofter Au 2.000 Forellenjunge ausgesetzt. Im nächsten Frühjahr geht das wieder los und wer Lust hat, kann sich mit einer Spende an der Nachwuchsförderung beteiligen. Also, liebe Tierschützer, meldet Euch bei mir, denn das ist Tierschutz vom Feinsten." Damit setzte er sich wieder und schaute erleichtert in die Runde, die ihm freundlichen Beifall spendete.

Als dieser verklungen war, meldete sich als Letzter noch der Wasserbauingenieur der Kreiswasserbehörde: „Herr Witthus, ich möchte Ihnen ein großes Lob aussprechen. Naturnaher Ausbau der Wasserläufe ist genau das, was heutzutage gefordert ist. Ihre tolle Arbeit entspricht voll und ganz der Wasserrahmenrichtlinie der Europäischen Union. Vielen Dank dafür.“

Es gab noch einmal Applaus und Pelle nahm freundlich nickend die Flasche geelen Köm entgegen.

Pelles Tagebuch, 26. August 2019

Die Versammlung heute lief richtig gut. Sogar der Wasserbauingenieur hat mich gelobt. Ich habe erfahren, dass das, was ich seit Jahr und Tag mache, plötzlich EU-Richtlinie ist.

Bin wiedergewählt, weil sich natürlich keiner für das Amt des Vorsitzenden gemeldet hat. Na gut, ein Jahr mache ich noch.

September

Erntedank wird vorbereitet

Wenn die Getreidefelder abgeerntet waren und aussahen, als hätte ihnen ein eifriger Friseur einen Bürstenschnitt verpasst, wurden im September die schleswig-holsteinischen Kohltage eröffnet. Der junge Landwirtschaftsminister, noch nicht lange im Amt, eröffnete bei strömendem Regen die Veranstaltung. Im Regionalfernsehen wurde ausgiebig darüber berichtet. Alle warteten gespannt darauf, wie er sich beim traditionellen Kohlanschnitt so anstellen würde, wo er doch gar nicht aus der Landwirtschaft kam. Er stiefelte in Öljacke und Wollmütze in eine Kohlreihe, setzte das Kohlmesser an einen Kopf und meisterte die Aufgabe mit Bravour. Die Reporterin, die ihn mit ihrem Team begleitet hatte, fragte erstaunt, woher er dieses Talent nehmen würde.

„Aus dem Internet. Ich habe mir einen Kohlanschnitt auf Youtube angesehen und zuhause mit einem Fußball geübt", grinste er.

Dann stellte er sich mit seinem Kohlkopf zwischen die Dithmarscher Kohlkönigin und die Landrätin und ließ sich staatsmännisch lächelnd filmen.

Für alle Pastoren im Land, die diese Aktion verfolgten, war es das Startsignal, sich auf das Erntedankfest vorzubereiten.

Eines Morgens kam der Pastor aus Randby auf den Hofplatz gefahren, stieg schwungvoll aus seinem Skoda und ging zielstrebig auf Pelles Hintertür zu. Er klopfte laut und rief gleichzeitig: „Pelle, bist du da?" Der Angesprochene hörte das Klopfen, trat aus der gegenüber liegenden Stalltür und rief seinerseits: „Was gibt's, Hans-Jakob?"

„Hast du kurz Zeit?"

„Ja. Betonung liegt auf kurz. Ich muss gerade eine Sau verarzten", antwortete Pelle argwöhnisch, denn der Pastor ließ sich nur blicken, wenn er ein Anliegen hatte. Er öffnete die Hintertür und ließ den Pastor eintreten.

„Ich kann dir leider nichts anbieten. Kaffee ist alle und Köm hab ich auch keinen."

„Ein Glas Leitungswasser tut es auch", sagte der Pastor ungerührt und setzte sich an den Küchentisch. Pelle reichte ihm das Wasserglas und blieb an der Spüle stehen.

„Worum geht's?"

„In drei Wochen ist Erntedank", fing der Pastor an. „Ich habe mir überlegt, dass unsere Kirchengemeinde einen Schulterschluss mit der Landwirtschaft zeigen und den Erntedank-Gottesdienst auf einem Bauernhof stattfinden lassen könnte."

„O Gott", seufzte Pelle und ahnte, was kam.

„Würdest du uns deine Scheune dafür zur Verfügung stellen?", fragte der Pastor und hob die Hand, als Pelle ablehnen wollte.

„Du hättest auch keine Arbeit davon. Ich würde mit dem Kirchenvorstand und dem Kirchendiener alles aufbauen. Altar und Sitzgelegenheiten sollten aus Strohklappen bestehen, die wir selbstverständlich hinterher wieder auf den Strohboden bringen. Die Landfrauen sind für den Schmuck zuständig. Die Kürbisse und Möhren werden zum Schluss an die Besucher verteilt."

„Aber fegen müsstet –"

„Auch das können wir übernehmen. Das machen meine Konfirmanden", beeilte sich der Pastor zu sagen.

„Soweit ich Erntedank noch in Erinnerung habe, soll für die gute Ernte gedankt werden", sagte Pelle.

„Ganz recht, deshalb schmücken wir die Scheune auch mit Früchten von Feld und Garten."

„Ich hatte mit meinen Kartoffeln bisher nur Pech", antwortete der Bauer. „Die Hälfte von ihnen sitzt noch im Acker und wie es aussieht, sitzen die auch noch im Oktober. Ja vielen Dank auch."

Der Pastor ließ sich nicht aus der Ruhe bringen: „Schlechte Ernten gab es doch immer mal."

„Jetzt komme mir nicht mit den sieben fetten und den sieben mageren Jahren", schimpfte Pelle.

„Im Großen und Ganzen ist es den Bauern dieses Jahr doch gelungen, ihre Felder zu beackern und die Schöpfung zu bewahren..."

Pelle unterbrach ihn: „Und warum veranstaltest du den Gottesdienst nicht bei Thies Thadsen, der hat doch dieses Jahr viel mehr Grund zum Danke-Sagen, so wie der sich vergrößert hat. Und beim Ferkelzukauf hat er ordentlich gespart, seit er mit den Dänen im Geschäft ist. Außerdem hat er viel mehr Platz auf seinem Hof."

Der Pastor druckste etwas herum: „Thies passt nicht so ganz in mein Erntedank-Konzept."

„Was soll das denn heißen? Willst du etwa wieder eine Podiumsdiskussion ‚Stadt trifft Land' machen?"

„Nein, die letzte Podiumsdiskussion sitzt mir noch in den Knochen. Ich konnte damals ja nicht ahnen, dass einige das Motto ‚Wir sollten aufeinander zugehen' als ‚Wir sollten aufeinander losgehen' verstanden haben. Dieses Mal habe ich niemanden auf das Podium geladen, sondern mache alles alleine – ganz neutral."

Der Pastor dachte mit Schaudern an eine Veranstaltung, die völlig aus dem Ruder gelaufen war. Dabei wollte er doch nur Erzeuger und Verbraucher zusammenbringen. Auf dem Podium saßen ein Landwirt und eine Tierschützerin, die gleichzeitig als vegetarische Verbraucherin auftrat. Da hatte nichts zusammengepasst. Sie warf dem Bauern seine Massentierhaltung vor, dabei hatte dieser nur knapp 100 Kühe. Sie legte dann noch nach und fragte, ob er überhaupt noch ruhig schlafen könne als Glyphosatspritzer und Insektenvernichter. Der Landwirt versuchte zunächst noch darzustellen, dass ohne die Bauern keine Ernährung und Landschaftspflege mehr stattfinden würde und dass er vermutlich mehr für die Allgemeinheit leiste als sie. Dass er im Dorf in der Feuerwehr seinen Dienst tue und im Dorfausschuss die von den Städtern so geliebten traditionellen „Events" – die Dorffeste organisieren würde.

Als die Kritikerin ihn unterbrechen wollte, stand er auf und sagte zu den Gästen: „Ich habe so die Schnauze voll von diesem ständigen Rumgehacke auf den Bauern. Ich tu schon, was ich kann. Ich habe in Stallumbau investiert, und das bei diesen schlechten Milchpreisen. Ich könnte wetten, dass Sie Ihre Milch so günstig wie möglich kaufen wollen. Sie haben recht – ich kann nicht mehr gut schlafen, weil ich so hohe Schulden habe." Damit stand er auf und verließ das Podium.

Das war für den anwesenden Thies Thadsen das Zeichen für einen großen Auftritt.

„Was bilden Sie sich eigentlich ein?", fuhr er die Tier-schützerin an. „Sie haben doch keine Ahnung von Tierhal-tung. Ich bin Schweinebauer und weiß, wovon ich rede. Ich habe fast 1.000 Mastschweine, die es alle gut bei mir haben. Wissen Sie eigentlich, wie gut die es bei mir haben? Sie laufen zwar nicht auf Stroh, sondern auf Spalten, aber sie sind nicht eingepfercht, sondern haben mehr Platz als gefordert und ich habe ihnen Gummispielzeug hinge-hängt, damit sie Beschäftigung haben. Ich stehe dazu."

Als sie sich einmischen wollte, schnitt er ihr das Wort ab und kam erst recht in Fahrt. Die Anwesenden waren wie erstarrt.

„In China gibt es wirklich arme Schweine mit ‚Freiland-auslauf'. Die können einem bei dieser Augenwischerei wirklich leidtun. Die chinesischen Bauern bekommen ein wenig mehr Geld, wenn sie ihre Schweine für kurze Zeit im Freiland halten, sie statt auf Spaltenböden auf Stroh liegen lassen und das Fleisch über lokale Läden verkaufen. Die Tiere bekommen einen elektronischen Schrittzähler verpasst, so wird sichergestellt, dass jedes Schwein vor der Schlachtung zwar ein wenig Frischluft auf der Kop-pel schnuppern darf, beim Erreichen einer bestimmten Schrittzahl geht es jedoch wieder in den Stall. Schließlich darf der Fettanteil ja nicht durch zu viel Bewegung gesenkt werden. Das Fleisch wird später mit ‚Freilandauslauf' be-worben. Was sagen Sie nun? So einen faulen Zauber gibt es bei mir nicht. Und einen Schrittzähler verpasse ich ih-nen auch nicht." Unter dem Beifall einiger Anwesenden legte er nach: „Wissen Sie eigentlich, was mich das kostet, wenn ich für meine Mastschweine einen Auslauf bauen soll? 300.000 Euro. Wer soll das bezahlen? Dann muss ich die Schweine teurer verkaufen. Wollen Sie das bezahlen?" Thies setzte sich wieder.

Die Verbraucherin saß zunächst wie versteinert da, dann stand sie auf, sagte: „Du hast doch überhaupt nichts kapiert. China! Das war ja wohl ein Scheißbeispiel. Das war's dann wohl", und verließ den Saal.

Der Pastor unterließ seine bei diesem Streit sowieso vergeblichen Vermittlungsversuche. Sein Plan war nicht aufgegangen, von gegenseitigem Verständnis ganz zu schweigen. Innerlich betete er, ein Blitz möge hemiederfahren. Am liebsten wäre er sofort nach Hause gefahren, aber jetzt kam das Publikum in Fahrt. Der Streit wurde nun im Saal ausgetragen.

Die Alteingesessenen und ehemaligen Bauern aus Randby beschimpften die Neubürger: „Ihr sucht die Landidylle? Die soll möglichst ohne Gerüche stattfinden, am besten ohne Landwirtschaft. Ihr gehört zu den fast 80 Millionen sogenannten ‚Experten', die null Ahnung vom Leben auf dem Land haben, uns aber sagen wollen, wie wir produzieren sollen."

Ein junger Mann aus dem Neubaugebiet in Randby meldete sich: „Ja, wir subventionieren eure Arbeit auch mit unseren Steuergeldern, dann dürfen wir ja wohl mitreden."

Es gab Beifall von der Gegenseite und der junge Mann kam in Fahrt:

„Ihr jammert doch immer. Mal ist der Boden zu nass, mal ist er zu trocken. Dann stimmen die Erzeugerpreise nicht oder die Verordnungen sind ungerecht. Ihr habt doch immer was zu meckern."

Die Neubürger beschimpften die Landwirte, die Tierhalter die Tierschützer, die Vegetarier die Fleischproduzenten. Am Ende hatte der Pastor die Leute mit Hilfe des Küsters vor die Tür gesetzt, weil sie ihn und seine Vermittlungsversuche ignorierten.

Damals war der Gedanke in ihm gereift, dass er sich so einem Streit zum Erntedank nicht mehr aussetzen wollte. Zwar wollte er beim kommenden Erntedankgottesdienst eine Verbindung zwischen den Früchten des Feldes, den Landwirten und den Verbrauchern herstellen, aber es sollte bei einem Bauern stattfinden, der keinen Anlass für Streit bot. Da war Pelle genau der Richtige. Er war ein Auslaufmodell, das keinem mehr wehtat.

Pelle kratzte sich am Kopf. „Und da hast du dir ausrechnet Pelle Witthus ausgesucht?"

„Ich habe sozusagen neutralen Boden gesucht, denn das Thema Stadt – Land ist inzwischen so belastet, dass dieses Erntedankfest auf keinen Fall bei einem Tierhalter wie Thies Thadsen stattfinden kann. Bei seiner Art von Schweinehaltung würden sofort die Tierschützer wieder auf der Matte stehen. Ich will keine Konfrontation, sondern Frieden. Wir als Kirche müssen die Brückenbauer sein."

Langsam gab Pelle seinen Widerstand auf. Endlich brummte er: „Du kannst das Ganze hier durchziehen. Aber es wird vorher alles saubergemacht einschließlich Spinnenweben fegen. Hinterher wird picobello aufgeräumt. Kein Auto wird auf meinem Hofplatz und auch sonst nirgends auf dem Kliff abgestellt. Ihr könnt oben auf dem Thadsen-Hof parken oder auf dem Parzellenparkplatz. Dann kommt ihr zu Fuß zum Kliff. Von mir aus könnt ihr eine Prozession wie in Bayern machen. Und das Wichtigste: Du hältst mich aus allem raus."

„Schade. Ich dachte, du könntest vielleicht einen kleinen Beitrag über die Kartoffel halten. Apfel aus der Mutter Erde, verstehst du? Da bist du doch der Spezialist", grinste der Pastor.

„Die Leute können im Anschluss meine Kartoffeln kaufen, aber ich stelle mich nicht auf eine Strohklappe und halte einen Vortrag."

„Alles klar, Pelle. Dann eben nicht". Der Pastor stand auf.

„Wir kommen am Samstag vor Erntedank und bereiten alles vor. Vielen Dank und tschüss!" Er verließ die Küche, stieg in seinen weißen Skoda und fuhr vom Hofplatz.

Pelle blieb noch eine Weile stehen, kratzte sich am Kopf und hatte das Gefühl, mal wieder im richtigen Moment kein Argument gehabt zu haben.

Pflügen und Säen

Nach zehn regenfreien Tagen verhieß der Wetterbericht nichts Gutes. Pelle sah seine Kartoffeln absaufen. Der Lohnunternehmer hatte noch keine Zeit, mit dem großen Roder zu kommen. Eine erneute Regenfront sollte in den nächsten Tagen über Norddeutschland hinweg ziehen. Pelle sah es kommen: An eine Ernte mit dem schweren Roder auf dem durchnässten Boden war nicht zu denken. Ein Glück, dass Mads seine Kartoffeln trocken aus der Erde bekommen hatte.

Seit dem Morgen pflügte Ellis den abgeernteten Schlag, auf dem die Wintergerste gestanden hatte. Pelle fuhr hinter ihr mit der Kombination aus Kreiselegge und Sämaschine und zwirbelte den Winterweizen in die Erde. Er staunte, mit welcher Präzision Ellis pflügte, und das stundenlang.

Gegen Abend stellte Frieda einen Korb mit Essen an den Feldrand und die beiden gönnten sich eine Pause.

„Ich schätze, wir brauchen noch zwei bis drei Stunden", sagte Ellis und biss in ihr Brot.

„Wenn du in diesem Tempo weiterpflügst, schaffen wir es in zwei Stunden", lobte Pelle. Er bat Mads über Handy, die beiden Sauen zu füttern.

Pelle wandte sich wieder Ellis zu.

„Wo hast du das Pflügen gelernt? Das ist wirklich preisverdächtig."

„Auf meinem ersten Lehrbetrieb. Ein großer landwirtschaftlicher Betrieb in Holstein. Reine Männerwirtschaft. Ich musste zeigen, dass ich genauso viel konnte wie die Jungs. Die nahmen mich alle nicht ernst. Nur der alte Meister Hansen, der bei meinem Lehrherrn schon seit Jahrzehnten angestellt war, half mir. Er war dafür bekannt, dass er gut mit dem Pflug umgehen konnte. Eines Abends, als die anderen schon im Feierabend waren, kam er auf mich zu und sagte: Ellis, heute bringe ich dir das Pflügen bei. Nach dem Abendbrot treffen wir uns erst einmal in der Maschinenhalle, dann zeige ich dir alles vom Vorschäler bis hin zur Pflugeinstellung. Pelle, ich erzähle dir bei Gelegenheit die ganze Geschichte. Aber lass uns erst einmal weitermachen, bevor es ganz düster wird."

Sie erhoben sich und fuhren mit der Arbeit fort. Tatsächlich waren sie nach zwei Stunden fertig, reinigten die Maschinen und fuhren sie in die Halle.

„Bleib doch noch auf ein Feierabendbier", bat Pelle. „Und dann erzählst du mir die Geschichte vom Pflügen weiter."

Als sie in der Küche saßen, nahm Ellis den Faden wieder auf.

„Der alte Hansen wartete bereits in der Maschinenhalle auf mich und sagte, bevor ich mich auf den Trecker setzte, würde er noch ein wenig ‚Theorie' mit mir machen. Dabei lachte er verschmitzt und zündete sich eine Zigarette an."

„Und wie sah diese Theorie aus?" Pelle wurde neugierig.

„Der alte Hansen entpuppte sich als Geschichtenerzähler, denn seine ‚Theorie' bestand darin, mir eine steile These nahezubringen: dass die Menschen in grauer Vorzeit das Pflügen von den Schweinen gelernt hätten."

„Von Schweinen? Wie das?"

„Das habe ich ihn auch gefragt. Er machte nicht den Eindruck von geistiger Umnachtung, sondern erzählte vergnügt, dass er – im Gegensatz zu den jungen Lehrlingen – sich nicht für die neuesten Treckermodelle interessierte, sondern für Schweine. Und da hätte er bei einem der Gebrüder Grimm gelesen, dass die Menschen von den Schweinen deren erfolgreiche ‚Erdarbeit' übernommen hätten."

Ellis erzählte weiter, dass sie dem alten Hansen gesagt hatte, er solle doch keine Grimmschen Märchen erzählen, doch der Alte war in seinem Element und hatte weiter doziert:

„Schweine haben schon immer ihren Rüssel in die Erde gesteckt und sie damit aufgelockert. Die Menschen guckten sich das ab, zuerst nahmen sie Stöcke, steckten sie wie einen Rüssel in den Boden und benutzten sie, um die Erde zu lüften und so das Aufgehen der Saat zu erleichtern. So entstand nach und nach das Pflügen."

Nachdem er die Theorie beendet hatte, zeigte Hansen ihr die Praxis.

„Wir fuhren mit dem Volldrehpflug auf den Acker und der Meister erklärte mir die Pflugeinstellung, damit alle vier Schare gleichmäßig pflügen. Ich lernte, wie wichtig der Anschluss an die nächste Reihe ist und so weiter. Hansen hatte einen Zollstock mit, um die Tiefe der Schare zu messen. Ab da fuhr ich beim Pflügen nie mehr ohne den Zollstock los."

Pelle lachte. Ellis fuhr fort:

„Ja, beim alten Hansen habe ich das Pflügen gelernt. Er war der einzige, der dazu bereit war und sich viel Zeit nahm, um mich auszubilden. Eines Tages sollten wir unter den Augen des Lehrherrn zeigen, was wir auf dem Acker alles gelernt hatten. Eine kleine Zwischenprüfung sozusagen. Alle waren angetreten, die beiden Jungen, die im zweiten und dritten Lehrjahr waren, der Tierarzt, der gerade aus dem Stall kam und ein Praktikant von der Landwirtschaftsschule. Wer fängt an? fragte unser Chef. Ich meldete mich, weil die beiden anderen Lehrlinge sich nicht vordrängten."

„Typisch Ellis", grinste Pelle.

„Pass auf, es kommt noch besser. Ich hatte mich vor der Übung extra in Schale geworfen, eine weiße Bluse und einen kurzen Rock angezogen. Und ich fuchtelte mit meinen rot lackierten Fingernägeln ziemlich provozierend herum. Willst du zum Scheunenfest? hat mich einer der Lehrlinge zum Vergnügen der Umstehenden gefragt. Der Chef stand am Feldrand und ließ ihn gewähren. Nur der alte Hansen stand etwas abseits der Gruppe und hob den Daumen, als ich auf den Trecker stieg. Beim Anfahren winkte ich allen mit dem Zollstock zu, pflügte konzentriert und akkurat und als ich fertig war und vom Trecker stieg, klatschte erst der alte Hansen und dann der Chef und auch der Tierarzt sagte ein anerkennendes „Oha!" Ab diesem Tag war Ruhe, ich war anerkannt und die hämischen Kommentare hörten auf."

„Ein Glück, die Einstellung zu Frauen in der Landwirtschaft hat sich ein wenig geändert."

„Na ja, geht so", erwiderte Ellis.

Regen Regen Regen

Ein paar Tage später begann es wieder zu regnen. Üblicherweise hüpften bis Ende September zahlreiche Einheimische noch in die Förde, doch dieses Jahr gab es stattdessen eine Regenfront. Die Tage waren grau in grau. Pelle erinnerten sie an die tristen Gemälde von Caro in ihren düstersten Phasen.

Fast zwei Wochen lang standen die Kliffer an ihren Fenstern, seufzten und schüttelten den Kopf über die Wetterkapriolen. Mads war froh, dass er seine Rote Dora noch rechtzeitig geerntet hatte. Er hatte sie bereits an einen Abnehmer in Hamburg verkauft, der sie mit mehreren LKWs abholen ließ.

Frieda und Betty fuhren ab und zu mit dem Auto zum Einkaufen, sammelten von den anderen Kliffern die Wunschlisten ein und brachten die Waren für alle mit. Ellis blickte besorgt auf die geflickte Asphaltstraße. Lange würde diese nicht mehr halten, wenn das mit dem Regen so weiter ging. Sie parkte ihr Auto vorsichtshalber an der Straße vor ihrer alten Heimat, dem Thadsenhof. Auf dem Hofplatz von Thies zu parken kam nicht infrage. Sie gehörte nicht mehr dorthin, genauso wenig wie der alte Thade.

Pelle stand mit Sorgenfalten am Fenster und blickte auf seinen Kartoffelacker direkt neben der Scheune. Seit Tagen konnte er verfolgen, wie sich das Wasser in den Kartoffelgräben sammelte. Auf dem Nachbarfeld von Oke Harksen standen Seen, in denen mancherorts zerfledderte Silageballen lagen, von Wasser umgeben wie Halligen. Oben im Dorf hatte einer die Bohnenernte nicht geschafft. Seine Futterbohnen wurden schwarz, lagen teilweise platt.

Die Sonnenblumen in den Parzellen ließen ihre dunklen Köpfe wie braune Beutel an den Stengeln hängen. Traurig sah das aus. Zum Ernten kamen keine Parzeller mehr und Mads, Betty und Frieda versuchten mühsam, zwischen den Regenschauern von deren Gemüse so viel wie möglich zu retten. Sie schafften aber nur einen Bruchteil davon, denn die Gärtner hatten sehr viel angebaut. Mads rief bei den Parzellenbesitzern an, dass sie ihre geretteten Kohlrabi oder Zucchini am Wochenende in der Scheune abholen konnten. Das Gemüse, das nicht abgeholt wurde, brachte er zur Gemüsekisten-Kooperative in Flensburg, die es in ihr Ausliefer-Programm integrierte.

Oktober

Dr. Blaukorns Rettungsversuch

Einmal, als der Regen eine Verschnaufpause einlegte, tauchte der Parzeller Dr. Blaukorn auf dem Witthus-Hof auf. Er traf Pelle und Betty im Gemüselager an. Sie sortierten welkes und beschädigtes Gemüse aus.

„Moin ihr beiden. Das ist ja ein Schietwetter", begann er das Gespräch.

Die beiden begrüßten ihn kurz und dachten, er würde mithelfen. Doch Dr. Blaukorn kam zum Schnacken und setzte sich auf eine Gemüsekiste, während Vater und Tochter weiterarbeiteten.

„Es ist ein Kreuz mit dem Wetter. Schade, dass unser Erntefest ausfallen muss. Es war alles so gut organisiert. Und nun das" – er zeigte auf die Möhren, die schwarz von klebriger Erde waren. „Ein Glück, ich habe mein ganzes Gemüse aus meiner Parzelle noch herausgeholt. Auch im Regen. Bis auf den Kohl ist alles geerntet."

Pelle hielt inne: „Das ist ja schön."

Blaukorn fuhr fort: „Ich weiß nicht, warum die anderen von unserem Gärtner-Club nicht auch bei Regen geerntet haben."

Jetzt kommt gleich der Spruch ‚Wir sind doch nicht aus Zucker' oder ‚Es gibt nur falsche Kleidung', dachte Betty und schrubbte etwas intensiver die Erde von den Kohlrabi.

„Wir sind doch nicht aus Zucker", lachte der Doktor.

„Was soll ich da sagen? Bei mir sitzen noch ein paar Hektar Kartoffeln im Acker. Ein paar Hektar!" betonte Pelle.

„Das will ich mal sehen", antwortete Blaukorn. „Da muss doch etwas zu machen sein. Wenn keine Maschine auf den Acker kommt, muss man eben auf die gute alte Handarbeit zurückgreifen. Man kann die Kartoffeln doch nicht sehenden Auges in der Erde verrotten lassen."

Pelle blickte auf: „Na, dann kommen Sie mal mit."

Er ging mit dem Experten in den Geräteschuppen, übergab ihm ein paar Gummistiefel, holte eine Forke und eine Schiebkarre mit mehreren leeren Säcken. Derart ausgerüstet stapften sie zum Kartoffelacker hinter dem Haus. Dort angekommen, überreichte Pelle dem klugen Parzeller die Forke und sagte: „Na, denn man los. Mal sehen, wie viel Strecke Sie machen mit der guten alten Handarbeit."

Dr. Blaukorn ließ es sich nicht zweimal sagen, krempelte die Ärmel hoch und begann in der nächstliegenden Reihe, die Kartoffeln mit der Forke auszubuddeln.

Pelle stand hinter ihm und zündete sich eine Zigarette an.

Kein Wunder, dass die Ernte so schleppend vorankommt, wenn der Bauer nicht selbst Hand anlegt, dachte Blaukorn.

Zunächst ging es noch zügig voran. Nach ein paar Metern zog der Handarbeiter seine Jacke aus, nach zehn Metern seinen Pullover. Pelle füllte die Säcke mit einer Schaufel und sah, wie die Arme des Doktors schwerer und schwerer wurden.

Betty, die sich das Schauspiel ansah, wettete mit sich selbst, wie lange er durchhalten würde und gab ihm maximal fünfzig Meter. Langsam wuchs die Zahl der Zuschauer, auch Frieda und Mads gesellten sich dazu.

Nach genau fünfzig Metern gab Dr. Blaukorn auf und kam kleinlaut an den Feldrand.

„Ist doch schwerer als gedacht", japste er. „Aber die Kartoffeln können doch nicht einfach sitzenbleiben."

„Wenn das Wetter nicht mindestens eine Woche trocken bleibt, dann bleiben sie sitzen", sagte Mads.

„Kommen Sie Herr Kinkel-Kiehne", sagte Frieda und nahm seinen Arm. „Jetzt werden Sie erst einmal mit Suppe aufgepäppelt."

„Ich komme nur mit, wenn es keine Kartoffelsuppe gibt", sagte Blaukorn, sammelte seine Klamotten ein und verließ mit Frieda das Schlachtfeld, während Pelle, Mads und Betty die magere Ernte in das Gemüselager brachten.

Pelles Tagebuch, 2. Oktober 2019

Dr. Blaukorn wollte uns heute zeigen, wie Kartoffelernte geht. Wir haben nur den Kopf geschüttelt. Ich halte ihm zugute, dass er nicht aushalten konnte, dass diese wunderbar gewachsenen Kartoffeln in der Erde bleiben mussten. Er kann als Stadtmensch nicht ahnen, dass ich mir jeden Tag vor Augen führe, wie ich im Frühjahr die stinkenden und verrotteten Erdäpfel unterpflügen werde.

So viel Pech auf einmal! Kartoffeln. Gesine. Sie ist nicht wieder aufgetaucht. Langsam schwindet meine Hoffnung.

Erntedank

Am Wackeruper Hafen war das Geschäftsleben inzwischen stillgelegt. Phil, der Besitzer der Grillbude, hatte alles winterfest gemacht und sich nach Teneriffa verabschiedet, um an der Costa Adeje eine warme Jahreszeit zu verbringen. Die Strandkörbe vor seinem Geschäft in Wackerup, in die sich seine Gäste ab Ostern gerne setzten, um eine Grillwurst oder einen Hotdog zu verzehren, standen wie zu einer Polonaise aufgereiht hinter dem Grillhäuschen. Die Plastikstühle und Tische auf der Terrasse waren aneinander gekettet. Der große braunrote Plastikhummer, der zu wärmeren Zeiten direkt vor der Tür platziert war, stand nun aufrecht neben den Garnituren und streckte seine Scheren wie einen Hilferuf zum grauen Himmel empor. Auch die Eisdiele, der Kiosk und die Fischbude waren dicht und trugen zur herbstlichen Tristesse bei.

Knut hatte seinen Fischstand mit Planen abgedeckt und verschnürt. Er sah zweimal die Woche nach seinem einsamen Kutter, der bis zum nächsten Jahr wohl nicht mehr zum Einsatz kommen würde. Es war Sonntag, Erntedank, um die Mittagszeit und er hoffte, dass sich die Kirchgänger, die heute bei Pelle Scheunengänger waren, alle wieder vom Kliff verabschiedet hatten. Erntedank war nicht Knuts Sache. Für diese magere Fischernte danke zu sagen, das fand er doch übertrieben. Als er beim Witthus-Hof ankam, kam der Pastor wohl gerade zum Schlusswort. „Ich wünsche mir, dass wir alle gemeinsam an Lösungen arbeiten, um unsere Schöpfung und unsere so wichtige Landwirtschaft zu erhalten." Dann schallte der Gesang „Wir pflügen und wir streuen" über den Hofplatz.

Knut steuerte auf sein Haus zu und sah Pelle am Kliff sitzen. Knut hatte ihn monatelang nicht rauchen sehen. Es lag wohl etwas Ernstes in der Luft.

„Schmeckt es?", fragte er Pelle und setzte sich neben ihn.

„Geht so."

„Irgendwas vorgefallen? Doch nicht schon wieder ein Streit beim Erntedank?"

„Nee, heute blieb alles erstaunlich ruhig. Die Schar der Gläubigen war übersichtlich. Es sind nur dreißig Leute gekommen, davon waren zehn Konfirmanden und zehn Landfrauen."

Knut lachte: „Die Schäfchen werden immer weniger. Der Pastor würde sich auch über Kirchgänger freuen, die nicht daran glauben, dass Maria vom heiligen Geist geschwängert worden ist. Die Wege des Herrn sind unergründlich."

Pelle nickte. „Aber eine schöne Erntekrone hängt jetzt in meiner Scheune. Das muss man den Landfrauen lassen, die binden die schönsten Erntekronen. Das kann heute doch kaum noch eine junge Frau."

„Sonst irgendwas faul?", fragte Knut.

„Ich muss heute die ganze Zeit an meine Gesine denken. Bald ist das letzte Maisfeld abgeerntet und wenn wir sie dann nicht gefunden haben, lebt sie nicht mehr."

„Momentan kommt es gerade sehr dicke für dich. Schwein weg, Kartoffeln noch im Acker. Doch noch ist Hoffnung, Pelle."

Knut klopfte ihm zur Ermutigung auf den Rücken. Die beiden trennten sich. Pelle ging langsam zurück zu seinem Hof, wo sich die Kirchgänger gerade auf den Rückweg zu ihren Autos machten. Bei der Kate sah er Ellis stehen, die die Büsche in ihrem Garten zurückschnitt. Er hatte in der

Scheune sehr wohl registriert, dass sie dem Erntedanker-
eignis ferngeblieben war.

„Ist nicht so mein Ding", antwortete sie, als er sie fragte.

„Was ist denn dann dein Ding?"

„Ich habe schon Grund zum Dankesagen. Aber nicht
beim Pastor, sondern bei dir, Pelle. Du hast mich dieses
Jahr gerettet, indem du mir die Kate vermietet hast. Dafür
bin ich dir dankbar. Und ich würde mich gerne erkennt-
lich zeigen und dich einladen. Ins Kino oder in ein Konzert
oder zum Essen. Aber nicht unbedingt in die ‚Fördeperle'
zu Wolfe Kremmler. Eher etwas Besonderes."

Pelle lachte überrascht. „Schwebt dir etwas vor?"

„Ich habe gedacht, ich lade dich zu einem Ausflug nach
Hamburg ein. Dann essen wir irgendetwas Exotisches und
hinterher gehen wir in die Elphi oder ins Theater. Wir machen uns einfach einen schönen Tag."

„Ich denke drüber nach", sagte Pelle.

„Nicht zu lange, sonst fahre ich mit Tanne", grinste sie.

Tagebuch Pelle, 13. Oktober 2019

*Erntedank ist vorbei. Der Pastor hat mit seinem Küs-
ter, drei Landfrauen und den Konfirmanden die Scheune
blitzeblank hinterlassen. So gut sah die nicht einmal aus,
als damals das Fernsehteam auf dem Hof war. Ellis will
mich einladen. Vielleicht nach Hamburg.*

Es ist fünf Uhr morgens und ich kann nicht mehr schlafen. Jetzt klingelt das Telefon.

Ein Wunder geschieht

Betty, Frieda und Mads lagen friedlich in ihren Betten, als Pelle in ihre Zimmer stürmte.

„Los, zieht euch etwas über. Wir müssen los!", rief er. „Die Sau lebt! Gesine ist wieder aufgetaucht!"

„Wo?"

„In der Nähe von Ballerup. An der Landstraße nach Hemstoft. Dort liegt sie im Straßengraben."

Die drei jungen Leute schlüpften schläfrig in ihre Klamotten und warfen sich ihre Jacken über die Schultern.

Pelle war bereits dabei, den kleinen Anhänger aus der Scheune zu ziehen und hinter sein Auto zu koppeln. Dann holte er das Treibebrett und eine Holzplatte und stellte sie neben den Anhänger, während Betty und Mads zwei Strohballen ausstreuten.

„Wer hat denn Bescheid gesagt?", fragte Mads beim Einsteigen.

„Der Milchwagenfahrer, der bei Günni Levsen die Milch abholen wollte", antwortete Pelle und fuhr los. Betty konnte gerade noch ihre Tür schließen.

„Der Fahrer hat ein riesiges Tier im Straßengraben liegen gesehen und hat angehalten. Gesine hat ihn nur angeguckt, als er mit der Taschenlampe alles abgeleuchtet hat.

Ihm war sofort klar, dass es sich um meine Sau handelt. Er ist zu Günni gefahren und der hat mich dann angerufen."

Kurze Zeit später trafen die drei am beschriebenen Fundort ein. Günni und der Milchwagenfahrer warteten bereits am Straßenrand. Letzterer winkte mit der Taschenlampe.

„Moin!"

„Moin! Da liegt sie." Die beiden Männer hatten Abstand zu Gesine gehalten, um sie nicht zu verscheuchen. Die Sau grunzte ab und zu, blieb jedoch im Straßengraben liegen und machte keine Anstalten aufzustehen, geschweige denn zu flüchten.

Während Betty das Warndreieck aufstellte, legte Mads die Platte an den Anhänger, damit der Sau das Aufsteigen erleichtert wurde. Frieda hielt sich im Hintergrund. Ihr waren so große Tiere immer noch unheimlich. Immerhin hatte die Sau mit ihrem dicken Bauch die Größe eines Walrosses!

Als Mads das Treibebrett holte, winkte Pelle ab. „Gesine geht von alleine. Ich kenne doch meine Gute."

Er näherte sich ihr langsam und mit beruhigenden Worten. Die Sau grunzte etwas lauter und ließ sich von ihrem Bauern Nacken und Rücken kraulen. Als Pelle sie fragte: „Wo warst du bloß die ganzen Wochen, meine Dicke?", blieb sie ihm die Antwort schuldig.

Dem Milchwagenfahrer dauerte der Aufenthalt zu lange. Er hatte noch mehrere Stellen anzufahren. Er trat seine Zigarette aus und bat Günni, ihn im Pickup zurück zu seinem Hof zu fahren, auf dem noch der Milchlaster stand.

„Ja, fahr los, bevor die Milch sauer wird", grinste Mads. „Und vielen Dank auch noch."

Kaum waren die beiden abgefahren, erhob sich die Sau. Erst auf die Hinter-, dann auf die Vorderbeine. Sie stieg aus dem Straßengraben und stellte sich vor den Aufgang zum Anhänger. Pelle befühlte ihre Beine, Knöchel und den Bauch. Dann gab er ihr einen freundschaftlichen Klaps und sie wanderte seelenruhig, wie wenn nichts gewesen wäre, in den Anhänger hinein, begleitet von Pelles Singsang: „Oh Dickedickedicke, oh Dickedickedicke."

„Ganz schön rund geworden, unsere Gesine", stellte Betty fest.

„Aber null Verletzungen", sagte Mads. „Die ferkelt in ein paar Tagen. Also nichts wie nach Hause, Gesine, in die gute Stube. Da warten schon zwei Freundinnen auf dich."

Pelle war überglücklich. Als Betty das Warndreieck eingesammelt hatte, überreichte er seiner Tochter den Autoschlüssel.

„Fahr du. Und bitte nicht über jeden Gullyschacht. Ich fahre im Anhänger mit. Nicht dass dieses verrückte Vieh noch einmal rausspringt."

Pelles Tagebuch, 27. Oktober abends

Soeben sind die letzten Gäste gegangen. Alle Kliffer haben sich im Stall eingefunden und es wurde ordentlich gefeiert. Was für ein Tag! Ich hatte die Hoffnung fast aufgegeben. Meine Gesine ist wieder da! Wir haben auf die Schnelle noch eine Abferkelbucht gezaubert. Jetzt warten wir alle auf die Ferkel. Hoffentlich geht alles gut. Die beiden anderen Sauen waren völlig aufgedreht, als wir die

Ausreißerin in ihre Bucht gejagt haben. Na, die haben sich etwas zu erzählen.

Ich drehe gleich eine letzte Runde durch den Stall. Denn schlafen kann ich eh noch nicht.

Pelles Tagebuch, 28. Oktober 2019

Ich fasse es nicht, heute regnet es bereits wieder. Der Ackerboden ist von den letzten tagelangen Regenfällen immer noch völlig durchnässt. Mads und ich wollten um diese Zeit nicht nur die Kartoffeln aus dem Acker haben, sondern auch auf den Parzellen die Gründüngung säen, damit der Boden bis zum Frühjahr zu Kräften kommt. Daran ist nicht zu denken. Ich muss aufpassen, dass mein Kopf über Wasser bleibt.

November

Frieda tischt auf

Frieda und Betty saßen in der Scheune und machten eine Pause. Sie betrachteten die einzelnen Kisten, in die sie während des Nachmittags die unterschiedlichsten Gemüsesorten aus dem Kühllager geordnet hatten: Salate, Schwarzwurzeln, gelbe Bete, Bohnen, Spinat, Kürbisse und vieles mehr. Alles, was die Parzeller nicht geerntet oder bei Betty und Frieda abgeliefert hatten.

„Schade um die Ernte. Das Gemüse sieht so gut aus", sagte Frieda. „Ich überlege schon seit Tagen, was ich daraus noch machen könnte. Momentan machen Tartes und Gemüseaufläufe keinen Sinn. Es kommen ja keine Gäste mehr. Mir schwebt seit einiger Zeit etwas Kreatives vor."

„Du hast doch irgendwas im Kopf", lachte Betty. „Spuck es aus."

„Ich habe mir überlegt, bei Wolfe Kremmler zu einem Gourmetabend einzuladen. Momentan sind ja auch wieder die Sterneköche unterwegs und bekochen Leute mit viel Geld. Ich würde es einige Nummern kleiner machen, damit sich das viele Menschen leisten können. Bei den Parzellern würde ich dafür werben, damit sie erleben können, was man aus ihrem Gemüse zaubern kann. Ich würde dann nur Gemüse aus der Region verwenden nach dem Prinzip ‚Der Garten oder die Saison gibt vor, was ich koche'. Dieses Gemüse hier würde sich dafür hervorragend eignen. Ich könnte daraus kleine Kunstwerke für den Magen zaubern."

„Das ist doch eine super Idee", begeisterte sich Betty. „Dafür hat Wolfe sicher ein offenes Ohr. Und bei Events für Städter ist er dabei."

„Rezepte habe ich mir auch schon ausgedacht. Ich würde ein 3 Gänge-Menü kreieren und ihr Kliffer könntet in der nächsten Woche die Versuchskaninchen sein."

Danach erläuterte Frieda ihren Plan und die verschiedenen Gänge. Betty war Feuer und Flamme. Sie arbeitete im Geiste bereits an der Werbekampagne „Frieda kocht – regional, saisonal, genial." Am liebsten wäre sie gleich mit ihrer Freundin hinunter zum Wackeruper Hafen marschiert, aber das restliche Gemüse musste noch fertig sortiert werden. Und Frieda wollte keine Begleitung.

„Ich gehe nachher erst einmal alleine zu Wolfe. Zu Fuß. Muss noch ein wenig überlegen, wie ich es ihm schmackhaft mache. Das geht am besten beim Wandern. Mal sehen, wie er meinen Plan findet."

„Nimm eine Taschenlampe für den Rückweg mit, falls die Verhandlung etwas länger dauert", grinste Betty.

Es war bereits dunkel, als Frieda zurück kam und ihren Rucksack im Flur absetzte. Betty, Mads und Pelle warteten bereits in der Küche auf sie. Als die Rückkehrerin eintrat, schwenkte sie eine Sektflasche und sagte fröhlich: „Mit vielen Grüßen von Wolfe. Es war ein voller Erfolg. Auf der ganzen Linie. Erstens hat er mich für einen Gourmetabend für Anfang Dezember engagiert und zweitens hat er mir eine Stelle als Köchin angeboten. Für die Wochenenden. Was sagt ihr nun?"

„Ja was sagt man dazu?" ließ sich Mads vernehmen. „Das ist ja großartig."

„Wirst du uns untreu?" war Pelles erste Frage.

„Nein, natürlich nicht. Das Stellenangebot gilt nur für den Winter und das Frühjahr. Zu Ostern will ich mein Café hier eröffnen. Außerdem bleibe ich hier wohnen, das ist doch keine Frage. Am 2. Dezember findet mein Gourmet-abend in der „Fördeperle" statt und Probeessen ist am nächsten Wochenende und zwar hier in der guten Stube und für alle Kliffer. Außerdem habe ich Wolfe eingeladen, damit er weiß, worauf er sich einlässt. Er möchte gleich nächste Woche mit der Werbung beginnen. Weihnachts-feiern stehen an und das wäre doch ein Superevent für ein Unternehmen. Nachhaltigkeit ist doch das gegenwärtige Zauberwort."

Das waren gute Nachrichten, die man mit dem Sekt be-gießen musste.

Am folgenden Samstag fanden sich ausnahmslos alle Kliffer in der guten Stube ein und auch Wolfe Kremmler hatte sich zum Witthus-Hof aufgemacht.

Betty hatte einen Tisch mit herbstlicher Dekoration gezaubert, der von allen bewundert wurde. In der Küche hörten sie Frieda hantieren. Es brutzelte und zischte wie bei einem Feuerwerk und alle fragten sich, was sie wohl auftischen würde. Betty hatte für ein Begrüßungsgetränk gesorgt, mit dem sie auf einen gelungenen Abend anstie-ßen.

Als Frieda die Stube betrat, lachten alle auf, denn sie trug neben einer Schürze auch ein Piratentuch, das sie um ihren Kopf geschlungen hatte. Ihr Gesicht glänzte und die

Wangen glühten. Sie stellte sich an das Tischende und begrüßte ihre Gäste.

„Guten Abend alle zusammen. Ich freue mich, dass ihr euch traut, an der Verkostung meines 3-Gänge-Menüs teilzunehmen. Ich habe zwar noch keinen Stern vorzuweisen, aber was nicht ist, kann ja noch werden."

„Auf jeden Fall ist das hier schon mal eine Sternstunde", sagte Tanne und hob gut gelaunt ihr Glas.

„Ich werde euch heute Abend einen vegetarischen Reigen vorstellen mit Gemüse, das keine langen Wege zurücklegen musste, denn es kommt direkt von den Parzellen oder aus anderen Quellen des Kliffs. Lasst euch überraschen."

„Der Regen hat also auch was Gutes", ließ sich Knut vernehmen, doch er war skeptisch, was das vegetarische Essen anging.

„Ich stelle euch jetzt die Reihenfolge meines Menüs vor. Der erste Gang besteht aus konfierten Cherrytomaten an Birnenpüree. Tomaten sind aus Tannes Gewächshaus, die Birnen aus unserem Garten."

Alle klatschten.

„Der Hauptgang beinhaltet Tatar aus gelber Bete, karamellisierte Rosmarinrübchen auf einem Bett der roten Dora, garniert mit Raukensträußchen. Ratet mal, von wem die Kartoffeln sind?" Bei der Erwähnung der Kartoffeln strich sie Mads leicht über den Kopf.

Der Beifall wurde frenetischer und Frieda verkündete fröhlich den dritten Gang:

„Heißer Apfel mit geeister Buttermilch an Heckenrosenblüten."

„Das klingt alles ganz interessant", meldete sich Knut zu Wort. „Dann kann es ja losgehen."

Ellis half Frieda beim Servieren und alle genossen die köstlichen Speisen, die mit Ringelblumen garniert waren. Bei der Vorspeise hatte Frieda sich etwas einfallen lassen und um Tomaten und Birnenpüree einen Kranz von Giersch gelegt.

„Extra für dich, liebe Tanne", erklärte Frieda und drückte Tannes Arm. „Habe ich bei dir geklaut."

„Davon kannst du klauen, so viel du willst."

Knut schob den Giersch beiseite und stapelte Püree und Tomaten auf einer Brotscheibe. Beim zweiten Gang holte er sich einen kräftigen Nachschlag.

„Wie findet ihr meine rote Dora?", fragte Mads.

„Nussig im Abgang", sagte Pelle trocken und dachte etwas bitter daran, dass seine Kartoffeln in all den Jahren ebenfalls ein wunderbares Aroma gehabt hatten.

Am Ende der Verkostung lobten alle Friedas Kochkünste in den Himmel.

„Auch wenn kein Fisch dabei war", brummte Knut und Wolfe Kremmler sagte: „War gut."

Tanne wandte sich an die Tischgesellschaft: „'War gut' ist das höchste Lob eines Schwaben. Das weiß ich aus Erfahrung. Übersetzt heißt es für uns Angeliter: es war ganz köstlich."

Wolfe brummte: „Ja ja. Keine Kritik ist Lob genug. Aber jetzt mal im Ernst Frieda, deine Gerichte waren spitze, die Portionen nicht zu klein. Der Gourmetabend bei mir ist hiermit genehmigt."

„Das ist ja eine Ansage, Wolfe. Schön, dass du dich auch auf Experimente einlässt", sagte Ellis.

Tanne tätschelte den Arm ihres Ex und konnte sich einen Zusatz nicht verkneifen: „Wo du doch eigentlich landauf landab für deine All-you-can-eat-Schnitzelabende bekannt bist."

„Die auch nicht schlecht sind", ließ sich Knut vernehmen.

„Alles zu seiner Zeit", sagte Wolfe Kremmler. „Ob Schnitzelabend oder Experiment, es muss alles bodenständig bleiben und auf Augenhöhe mit dem Gast. Ich sag euch, ich habe kürzlich bei einer Berlinfahrt mit meinem Verband etwas Skurriles erlebt. Da haben meine Berliner Berufskollegen eines angesagten Restaurants uns Gästen die Etikette diktiert. Gastronomisch ist ja langsam alles erlaubt."

Und dann erzählte er, wie er auf einer Informationsreise mit dem Hotel- und Gaststättenverband Schleswig-Holstein in einem Berliner Gourmettempel gelandet war. Es gehörte zum Esserlebnis, dass sich die Gäste an leere Holztische ohne Schmuck und Geschirr setzten. Dann mussten sie die Schubladen aufziehen und sich mit dem darin befindlichen Besteck und einer Tischdecke selbst den Tisch decken. Nach der Bestellung kam dann der Ober mit einem Blumengesteck und einer Kerze und drapierte sie als Krönung in der Mitte. Das Menü war vorgeschrieben, Änderungen nicht möglich. Die Gänge wurden nach Wolfes Schilderung zelebriert wie das Hochamt in der Ostermesse, es fehlte nur der Weihrauch. Nach dem Essen konnte auch kein Cappuccino bestellt werden. Der pikierte Kellner wies die Gruppe darauf hin, dass nach diesem Fine-Dining stilecht ein Espresso stout-frappé kredenzt werde.

„Sowas ist einfach nicht mehr normal", sagte Wolfe Kremmler. „Aber ob ihr es glaubt oder nicht, das Lokal war rappelvoll. Die Gäste fanden es toll, einem angeblich kulinarischen Erdbeben beiwohnen zu dürfen. Es wurden in unserem Kreis noch Witze über Nachhaltigkeit gemacht, bis die Rechnung kam. Bei 180 Euro pro Person blieb uns dann doch das Lachen im Hals stecken."

„Und dann selber den Tisch decken!" rief Pelle lachend und tippte sich an die Stirn.

Speed-Reading

Es war wieder einer dieser feuchten Nebeltage, die das Gemüt bis zum Boden drückten. Tanne betrat den Witthus-Hof, sie hatte eine Mission.

„Pelle, du musst unter Leute", sagte Tanne. „Es nutzt nichts, wenn du hier Trübsal bläst und deinen Kartoffeln nachtrauerst."

„Es stimmt. Der Blick aus dem Fenster ist schwer zu ertragen. Und dann der Geruch dieser verrottenden Kartoffeln." Er schüttelte sich.

Tanne besann sich auf ihre Idee, die sie in diese Küche geführt hatte.

„Du musst auf andere Gedanken kommen. Ich habe ein neues Hobby. Das nennt sich Speed-Reading. Habe ich letztens in einer Bücherei mitgemacht und das war sehr inspirierend."

„Ach lass mich in Ruhe mit den Speed-Datings, da wollte mich Betty auch schon hin scheuchen." Diese „Dates" waren für ihn wie Moped fahren auf der Schotterpiste. Da war die Frage: Stürze ich oder komme ich heil aus dem Schlammassel wieder heraus?

„Nein, nicht Dating, sondern Reading. Ich habe bei Wolfe Kremmler für Donnerstag schon den kleinen Saal reserviert und die Veranstaltung geht so: Du bringst dein Lieblingsbuch mit und setzt dich an einen Zweiertisch. Dann stellst du deinem Gegenüber in zehn Minuten dein Lieblingsbuch vor und wenn die Glocke ertönt, wird gewechselt. Und so geht das reihum. Es haben sich bereits zwölf Interessierte gemeldet. Auf diesem Weg lernst du nette Leute kennen und außerdem noch interessante Bücher. Was meinst du?"

„Nee, ist nichts für mich", meinte Pelle lahm. „Ich habe ja keine richtigen Bücher. In meinem Büro im Regal liegen die zehn letzten Ausgaben vom „Bauernkurier", weil ich vor ein paar Wochen eine Kartoffel-Häufelmaschine für Mads gesucht habe. Die wenigen Bücher dort sind unter anderem der „Leitfaden zur Tiergesundheit in landwirtschaftlichen Betrieben" und der „Atlas der Nutztierrassen", in dem das Angler Sattelschwein gewürdigt wird." In Pelles Augen trat ein kurzer Glanz. Tanne zog noch einen letzten Trumpf aus dem Ärmel: „Ellis hat zugesagt."

Spätestens jetzt gab Pelle seinen Widerstand auf. „Ellis? Echt? Die interessiert sich für sowas?"

„Ja. Sie ist ganz aufgeschlossen, wenn es um Kultur geht."

„So ein Bücheraustausch ist Kultur?"

„Ja."

„Was macht eigentlich dein Buch, Tanne?" Pelle musste sticheln. „Die Lesung sollte doch schon im September sein."

Tanne winkte ab und wechselte schnell das Thema. Sie wollte unbedingt mit in den Stall gehen und Gesines Nachwuchs – neun putzmuntere Ferkel – begutachten.

Am Donnerstag trafen sich die Speed-Reading-Willigen bei Wolfe Kremmler in der „Fördeperle" im Wackeruper Hafen. Wie Tanne bereits geahnt hatte, fanden sich nur interessierte Frauen ein, sieben an der Zahl, darunter Ellis. Vier hatten einen Rückzieher gemacht und Pelle würde eh nicht kommen, obwohl Ellis ihn ebenfalls bekniet hatte. Tanne bat die Frauen, sich jeweils zu einem Duo zusammenzufinden und sich an den kleinen Tischen gegenüber zu setzen. Alle legten ihr Lieblingsbuch vor sich hin. Als sie ihre Einführungsrede beginnen wollte, öffnete sich die Tür zum kleinen Saal und Pelle trat verlegen ein.

„Pelle!", rief Tanne überrascht. „Schön, dass du hier bist. Bitte setz dich doch zu dieser Dame, die noch solo ist." Pelle schlurfte nach hinten, von acht Augenpaaren verfolgt, und setzte sich zu der einzelnen Frau, die ihm zuflüsterte: „Hej, ich bin Renate."

Tanne erklärte nun allen, dass sich heute Abend geduzt würde. Dann folgten die Regeln, dass ein Gast jeweils sieben Minuten ein Buch vorstellen, auch etwas daraus vorlesen konnte, und nach dem Klingeln des Weckers sollte gewechselt werden. Alle signalisierten, dass sie bereit waren und einigten sich, wer jeweils beginnen sollte. Es ging los. Tanne stellte die Weckerfunktion auf ihrem Handy ein und behielt Pelle im Auge, indem sie in seiner Nähe blieb. Sie hatte mit Erleichterung festgestellt, dass er keine Ausgabe des „Bauernkuriers" mit hatte, sondern ein echtes Buch. Als sie ihm neugierig über die Schulter blickte, hielt sie kurz die Luft an, denn sie las: „Leguminosen, die Königinnen des Ackerbaus". Noch hörte er interessiert seinem Gegenüber zu. Diese stellte einen isländischen Krimi vor. Sieben Minuten später ertönte das Klingeln und es wurde gewechselt. Tanne stellte den Wecker. Innerlich schlug sie die Hände über dem Kopf zusammen. Wer sollte wohl was mit Leguminosen anfangen? Sie drehte eine Runde bei den anderen Frauen und sah mit Erstaunen, dass Pelles Partnerin Renate noch nicht gelangweilt auf ihre Fingernägel starrte, sondern interessiert fragte: „Leguminosen, was ist das?"

„Sogenannte Hülsenfrüchtler", kam vom Experten. „Na. So Futtererbsen und-bohnen halt."

„Verstehe, alles, was treibt", kicherte Renate.

Kichererbsen wie du gehören auch dazu, dachte Pelle. Doch er antwortete: „Klee gehört auch dazu. Kann man als Zwischenfrucht anbauen."

Tanne wunderte sich, dass Pelle begann, aus seinem Buch vorzulesen und Renate an seinen Lippen hing. Als sich der Wecker meldete, hörte sie immer noch angeregt zu.

„Das war ja ein interessanter Ausflug in die Landwirtschaft", hörte sie sein Gegenüber sagen.

Als Renate aufstand, sagte sie in verschwörerischem Ton zu Pelle: „Das müssen wir an anderer Stelle vertiefen." Dann ging sie an den nächsten Tisch und die nächste Bücherfreundin kam zu ihm.

An diesem Abend wurde Pelle eine vielseitige Bücherpalette vorgestellt. Ihm wurde fast schwindlig. Er registrierte mit Erstaunen, dass bis auf eine Ausnahme alle interessiert seinen Ausführungen über „Leguminosen" folgten. Zufrieden und mit Literaturvorschlägen eingedeckt, machte er sich gegen neun Uhr auf den Heimweg. Ellis wollte noch etwas bleiben, um mit Tanne die neue Initiative „Speed-Reading" zu evaluieren.

Pelle saß noch lange in der Küche, um alle Themen dieses Abends zu verdauen: den Kommissar von Island, den Tod einer Blumenhändlerin, 40 Tage in einem Frachter von Valparaiso nach Hamburg und tiefe Natursehnsucht beim Waldbaden.

Sein Körper war müde, doch sein Kopf arbeitete noch. Er ging in sein Büro und setzte sich an den Schreibtisch.

Da saß er und betrachtete sein „Büro", in dem er am Abend, manchmal auch noch in der Nacht, in sein Tagebuch schrieb. Auch die Mittagsstunde verbrachte er dort.

Irgendwie muss hier etwas anders werden, dachte er. Alles steht nur irgendwie herum. Bis auf den Schreibtisch, der direkt am Fenster einen unvergleichlichen Blick auf die Förde freigab. Er liebte diesen Ausblick und dieses alte, schwere Möbelstück, an dem sein Vater bereits gesessen hatte, wenn er „Schreibtischarbeit" machte. Pelle wusste, dass der Vater sich dann von seiner Familie erholen oder weitreichende betriebliche Entscheidungen treffen musste.

An diesem Abend entschloss er sich, die Kartoffeln endgültig aufzugeben. Der Rettungsversuch von Dr. Blaukorn hatte ihm den Rest gegeben. Keine Sisyphusarbeit mehr, kein Stemmen mehr gegen den Regen. Damit war jetzt Schluss. Ich bleibe für ewig an diesem Schreibtisch sitzen und lasse dem Elend seinen Lauf, dachte er resigniert.

Er hörte das Klopfen an der Hintertür nicht und erschrak, als Ellis plötzlich vor dem Fenster in sein Blickfeld trat und gegen die Scheibe klopfte.

„Mach auf, Pelle", gab sie ihm durch Handzeichen zu verstehen. Pelle stand auf, um sie einzulassen.

Pelles Tagebuch, 10. November 2019

Ich habe beschlossen, wegen der verrottenden Kartof- feln nicht mehr zu trauern. Es nützt ja nichts. Für heute Nacht haben sie einen heftigen Sturm mit Regen ange- kündigt. Ich habe mit Mads zusammen alles wetterfest gezurrt und sitze in meinem „Büro", um abzuwarten, was kommt.

Jedes Mal, wenn ein Sturm angekündigt wird – und vor allem ein Novembersturm – dreht sich etwas in meinem Magen um. Wie wenn man ungefrühstückt in den Stall geht und Ammoniakgeruch auf nüchternen Magen trifft. Dann geistert Caro durch meinen Kopf. Es wird Zeit, dass dieser Spuk aufhört und nur noch die Erinnerung bleibt. Schon wegen Ellis möchte ich einen Schlussstrich unter dieses Kapitel ziehen. Und ich weiß auch schon, wie.

Träume

Im November war die Feldarbeit endgültig erledigt und es begannen die zwei ruhigsten Monate im Jahr. Die Tage und die Bauern nahmen sich Zeit und die Gedanken konn- ten kreisen. Pelle hing nun öfters bei seinen drei Sauen und den Ferkeln herum, saß auf einem Strohballen und dachte mit schwerem Herzen daran, dass es ihm im Laufe seines

Bauernlebens nicht gelungen war, das fortzuführen, was die letzten beiden Generationen aufgebaut hatten.

Obwohl die jungen Leute um ihn herum wuselten und ihre Pläne weiter verfolgten, indem sie den ehemaligen Maststall ausräumten, fühlte er sich einsam. Das kam nicht überraschend. Die Einsamkeit war bereits während des Sommers aus einem verborgenen Vorkeimlager gekrochen, entwickelte sich im Laufe des Herbstes zur ausgewachsenen Sorgenknolle und lag ihm jetzt irgendwo zwischen Magen und Herzen. Irgendwann hatte er sich auch schon mit dem Gedanken getragen, einfach einmal zu verreisen. Irgendwie wusste er gar nicht, wie das ging und allein machte es keinen Spaß. Bisher war sein Urlaubsradius klein. Er stellte sich vor, wie er in einem Hotel auf Amrum an einem Frühstückstisch saß, allein, während Familien oder Paare an den anderen Tischen sich gegenseitig die Butter reichten und den Orangensaft einschenkten. Was nützte da eine wunderbare Aussicht auf das Meer, wenn man sie mit niemandem teilen konnte?

Dann richtete er seinen Blick auf die Förde. Von hier aus erreichte man den vielversprechenden Großen Belt, der in die Nordsee führte. Von dort kam er – wenn er wollte – über Island nach Grönland. Hier gabelte sich der Weg, man musste sich entscheiden. Weitersegeln nach Alaska oder abbiegen Richtung Venezuela. Da war es wärmer.

Pelle stand auf. Nun hatte Ellis ihn gefragt... Er errötete und blickte zu den Sauen. Denen war es egal. Rotwerden wie in der Pubertät, dachte der Bauer. Nur fünfzig Jahre später. Sie wollte tatsächlich mit ihm verreisen. Es fühlte sich an wie Sommerhonig im Herbst.

Pelles Tagebuch, 29. November 2019

Ellis kann sich vorstellen, mit mir wegzufahren. Sie hat mir verschiedene Pläne unterbreitet und jetzt soll ich mich entscheiden. Die jungen Leute sind bereits voll in der Planung für das nächste Jahr. Da werde ich nicht gebraucht.

Anfang Dezember soll der alte Maststall umgebaut werden, damit im nächsten Jahr die arbeitenden Surfer ihre Arbeitsplätze vorfinden. Und weil da noch Platz ist, wollen die Jungen einen großen Aufenthaltsraum einrichten, damit die ausgebrannten Manager dort Pause machen können. Betty macht bereits ordentlich Werbung bei Hamburger Firmen. Das mit den Alpakas ist momentan kein großes Thema, dafür hat Mads im Sauenstall wieder für Ferkelbuchten gesorgt. Das finde ich schön.

Jetzt ist wohl der richtige Zeitpunkt, den Hof mal zu verlassen.

Pelles Tagebuch, 30. November 2019

Als Tanne heute bei mir auftauchte, kamen wir irgendwie darauf zu sprechen, dass ich mir mit Ellis ein wenig mehr Mühe geben könnte. Ich solle sie „halten", wie Tanne sich ausdrückte. Keine Ahnung, wie das geht. Sie meinte, ich solle Caro endlich im Kopf beerdigen und Ellis in mein Leben lassen. Und ich solle mehr mit ihr reden.

Ich weiß, es ist manchmal ein Kreuz mit mir. Von Redekunst habe ich kein Quäntchen abbekommen. Wenn ich manche Agrarpolitiker reden höre und mich mit meiner knappen Einschätzung daneben stelle, dann ist es wie

Schapptüch gegen Stallklamotten. Ich bin schwerfällig, verheddere mich bei längeren Reden und verstumme, während andere bei Redeschlachten zur Hochform auflaufen. Tanne ist auch eine gute Rednerin. Sie hat das gelernt. Sie kann fünf Sätze zu einem Sachverhalt hintereinander weg formulieren, zum Beispiel zur Rückkehr von Gesine, während ich nur sagen kann: „Die Sau ist wieder da." Es ist wirklich ein Kreuz mit mir.

Irgendwie kamen wir auf das Thema „sich um eine Frau bemühen" und dabei blieb nicht aus, dass sie mir die alte Geschichte mit der Anzeige im „Bauernkurier" wieder aufwärmte.

Brautschau im Jahre 1984

Dabei hatte alles als „dumm Tüch" von Tanne angefangen, wie Pelle meinte.

Sie störte es, dass er kein Eroberer war, sondern ein Abwarter. Manche Frauen fanden es zunächst reizvoll, aber mit der Zeit schwenkten sie doch alle um auf die Eroberer. Damals war er einunddreißig und als Tanne mit ihrem Vorschlag kam, er solle im „Bauernkurier" eine Kontaktanzeige aufgeben, sträubte er sich nicht länger. Seine abendliche Einsamkeit beschleunigte das Vorhaben. Und gegen eine Anzeige in einer Agrar-Zeitung sprach nicht viel, außerdem gab es ja auch noch kein Parship. Es war die einzige Chance, eine landwirtschaftlich interessierte Frau zu finden. Rubrik „Bekanntschaften".

Tanne saß wie so oft an seinem Küchentisch und hatte ihn endlich weichgekocht. „Komm, wir fangen jetzt mal mit der Formulierung an. Brainstorming nennt man das heute. Was suchst du denn?"

„Topf sucht Deckel", antwortete er sarkastisch, weil er nicht an den Erfolg glaubte.

„Also: Frau mit Herz", entgegnete Tanne ungerührt und schrieb: „Ich (31), Landw., suche aufgeschlossene Frau mit Herz" –

Pelle seufzte und steuerte keine Ideen bei.

„Bodenständig, das Wort muss unbedingt mit rein", überlegte Tanne, doch er war gedanklich schon weiter.

„Auf jeden Fall soll sie tierlieb sein", meldete er sich. „Schließlich muss sie mit meinen Tieren gut umgehen können."

„Okay. Und dass du ehrlich bist..."

„Ehrlich? Das kann ja wohl vorausgesetzt werden. Also lass das mal."

„Also: Frau mit Herz", las Tanne vor, „die gerne mit Tieren arbeitet... Ich würde auch noch ins Spiel bringen, dass du Feuerwehrmann bist."

„Bin ich doch gar nicht", erwiderte Pelle entgeistert.

„Die stehen im Vertrauensranking ganz oben."

„Lass man stecken, sonst könnte man meinen, ich wäre trinkfreudig. Ist doch das Image eines Feuerwehrmannes", gab er zu bedenken.

„Also keine Feuerwehr", gab Tanne klein bei. „Aber dass du ein Naturbursche bist" –

„Echt Tanne, das kann man sich doch denken, wenn ich Landwirt bin, dann hat das auch was mit Natur zu tun. Denk mal an die Knickpflege."

„Knickpflege ist wichtig, aber so wichtig?"

„Soll ich dir mal die Durchführungsbestimmungen zum Knickschutz vorlesen, die die Landesregierung rausgegeben hat? Dann weißt du, was für ein toller Naturpfleger ich bin. Ich sage nur: Biodiversität, Knickwallflanke, Knickschutzstreifen, Wind-, Boden- und Klimaschutz...“

„Hör auf, das ist für eine potenzielle Braut viel zu viel!“

Als sie endlich fertig waren, brauchten sie erst einmal einen Korn und Tanne las die letzte Fassung laut vor. Die Abkürzungen würden sie später vornehmen: „Ich (31), aufgeschlossener, moderner Landwirt mit Schweinehaltung und 50 ha, kein Adonis, aber liebenswert und bodenständig, mit beiden Beinen im Leben, sucht sympathische, tierliebe, authentische SIE. Über ernst gemeinte Zuschriften freue ich mich.“

„Sie soll schon gleich wissen, dass es hier auch Arbeit gibt. Und nicht zu knapp“, brummte Pelle.

„Du darfst aber auch nicht gleich mit der Tür ins Haus fallen“, tadelte ihn Tanne.

„Im Text steht doch, dass ich bodenständig bin. Das muss reichen. Also weiter – ruhig muss sie sein.“

„Was heißt denn ruhig? Du meinst wohl mundfaul. Wenn die Neue so wenig schnackt wie du, dann gute Nacht! Dann kommt ja wirklich Stimmung auf“, grinste Tanne und schlug vor, „ruhig“ durch den Ausdruck „mit innerer Balance“ zu ersetzen. Pelle murmelte etwas Unverständliches vor sich hin.

„Wie bitte?“

„Sie muss wissen, dass sie hier erst einmal so eine Art Praktikum bei mir machen muss. Ich brauche eine Praktische. Eine kultivierte Oberstaatsanwältin oder musikbegeisterte Frau aus der Finanzbranche nutzt mir nichts.“

Tanne schüttelte den Kopf und verdrehte die Augen. Sie entgegnete: „Pelle, es ist schon vorgekommen, dass sich extrem unterschiedliche Typen automatisch angezogen haben. Zum Beispiel ist die streng katholische Beamtin für den Haschisch rauchenden Graffiti-Sprayer entflammt."

„Na, zieh noch mehr Sachen an den Haaren herbei", meinte er trocken und betrachtete lange den Text: „Ich habe heute mal im „Bauernkurier" nachgesehen, wie viele Bekanntschaftsinserate dort stehen. Gleich hinter der Rubrik „Tiermarkt" war nur eine Anzeige von einem Landwirt, der ganz direkt eine Frau zum Heiraten sucht. Das war bestimmt Heinz-Otto Callsen aus Grimstoft."

Tanne lachte laut auf. „Man gut, dass alles ganz diskret abläuft. Unter Chiffre." Sie stand auf, um die Anzeige auf ihrer Schreibmaschine ins Reine zu tippen.

Das Aufsetzen der Anzeige hatte zu einem regelrechten Diskussionsmarathon geführt. Pelle konnte an Tannes Gesicht ablesen, was sie dachte: Der Druck, eine Frau zu finden, ist für ihn wohl groß. Sonst würde er nicht so viel reden.

Sie beeilte sich dann auch, ihm das Blatt unter die Nase zu halten, damit er sich das mit der Unterschrift unter den Auftrag nicht wieder überlegte und alles zurückzog.

Als die Kontaktanzeige endlich im „Bauernkurier" erschien, war sie schwer gestutzt. Sie stand direkt hinter der Rubrik „Ankauf", in der Folgendes zu lesen war: „Ich heiße Mike, bin 15 Jahre alt und möchte mein sauer verdientes Konfirmationsgeld in einen Trecker stecken (Cormick bevorzugt). Bitte nur ehrliche Angebote, denn einen Fehlkauf kann ich mir nicht leisten. Chiffre BB4955."

Nach diesem langen Text konnte die von der Redaktion schwer zusammengestrichene Anzeige von Pelle glatt übersehen werden. Doch es meldete sich daraufhin eine Frau – Caro. Und widerlegte, dass sich Stadtfrauen nicht für Bauern-Lektüre interessierten.

Dezember

Wiebke

Als Pelle am 1. Dezember morgens in den Stall ging, dachte er beim Überqueren des Hofplatzes daran, wie er sich als Kind gefreut hatte, an diesem Tag in den ersten von 24 Stiefeln zu greifen, die in der Waschküche an einer Leine hingen. Seine Eltern hatten diesen jährlich wiederkehrenden Adventsbrauch des Stiefelaufhängens am Abend vorher gefeiert. Später hatten sie Pelle erzählt, dass dieses Zeremoniell durch ein Weihnachtsbockbier für Vater und zwei Eierlikörgläschen für Mutter komplettiert worden war.

Beim Öffnen der Stalltür wusste er, dass etwas nicht stimmte. Als er das Licht anschaltete, hörte er am Grunzen der Sauen, dass etwas fehlte. Der Chor war nicht vollständig, eine Stimme fehlte. Und da lag sie: Wiebke, die älteste von den dreien, mit dem schönsten Sattel auf dem Rücken, hatte sich auf die Seite gelegt und grunzte nicht mehr. Die Augen starrten ins Leere. Pelle stieg in die Bucht und tätschelte ihre Borsten, hörte, ob das Herz noch schlug. Vergebens. Der Körper war noch warm, doch der Stecker war gezogen. Die Mitbewohnerin Jule stand ratlos und still daneben und forderte kein Futter ein. Auch in der Bucht von Gesine blieb es merkwürdig ruhig. Die Ferkel tobten ahnungslos durch das Stroh, doch ihre Mutter stand am Buchtrand und schaute zu Pelle hinüber. Dieser hatte sich neben der toten Sau in das Stroh gesetzt und begann still zu weinen. Jule stand ruhig daneben und als sie fand, dass genug getrauert war, knabberte sie an Pelles Gummistiefeln herum und stupste ihn an: Los, aufstehen! Wir haben Hunger und das Leben geht weiter. Pelle erhob sich und fütterte die Tiere. Dann ging er hinüber zum Wohnhaus und weckte Mads, der noch im Tiefschlaf lag.

„Du musst mir helfen, Wiebke ist tot."

„Was? Wieso?" Mads saß aufrecht im Bett. „Die war doch gar nicht krank."

„Aber alt", sagte Pelle mit bedeckter Stimme. „Ziemlich alt. Irgendwann hört das Herz auf zu schlagen. Das ist bei jedem so."

Hastig zog Mads sich an, schlüpfte in der Waschküche in die Gummistiefel und zog seine Stalljacke über. Dann gingen sie stumm über den Hofplatz. Mads betrachtete die tote Sau und sagte: „Mensch Wiebke, was machst du denn für Sachen? So schnell kann das gehen, was?"

„Sabbel nicht", sagte Pelle barsch. „Wir müssen sie erst einmal aus der Bucht ziehen. Sonst bekommt Jule Depressionen."

Gemeinsam banden sie bei Wiebke die Hinterbeine mit einem Seil zusammen und zogen sie daran auf die Steinplatte hinter dem Stallgebäude.

„Soll ich dem Abdecker Bescheid sagen?", fragte Mads.

„Nix da, kein Abdecker. Die Sau wird hier begraben, hier auf dem Hof. Und zwar drüben beim Mirabellenbaum. Da hat sie sich immer am Stamm geschubbert."

„Aber-"

„Kein Aber. Meine Wiebke wird neben dem Mirabellenbaum beerdigt. Basta."

Mads schwieg. Er hielt wenig davon, von einem Schwein wie von einem Menschen zu sprechen. Außerdem hatte es keinen Zweck, Pelle zu widersprechen, wenn der sich etwas in den Kopf gesetzt hatte. Mirabellenbaum, illegal, egal.

„Geh erst einmal frühstücken, damit du mir helfen kannst, eine Grube auszuheben. Ein Glück, der Boden ist nicht gefroren. Ich bereite schon einmal alles vor."

Mads verließ gerne den Schauplatz. Er hatte Pelle noch nie so traurig gesehen. Schnell schmierte er sich ein Brot und trank ein Glas warmes Wasser dazu, dann ging er an Bettys Zimmertür und klopfte. Als Betty hörte, was los war, zog sie sich hastig an und eilte mit Mads um den Stall herum zu der Steinplatte, auf der die tote Wiebke lag, die hübscheste Sau, die Pelle hatte. Wieder ein Schwein der bedrohten Rasse weniger, dachte sie und tätschelte Wiebkes Kopf. Als Pelle mit Pickel und Schaufel kam, umarmte sie ihn kurz. Sie wusste, wie ihr Vater an der Sau hing.

„Tut mir leid", murmelte sie, als sie das Glitzern in seinen Augen sah. „Ich gehe in die Werkstatt und mache das Kreuz."

Pelle und Mads hoben das Grab aus und als es groß genug war, wurde Wiebke mit der Frontladerschaufel neben den Mirabellenbaum gefahren und vorsichtig über die Grube gehoben. Mads sah zu, wie die Schaufel ruckelte und wie mit einem dumpfen Ton der schwere Körper in die Grube fiel.

„Ich würde jetzt gerne alleine sein", sagte Pelle.

Die beiden jungen Leute zogen sich zurück und standen unschlüssig am Zaun. Mads war schweißnass von der Arbeit und hoffte, dass Pelle später kein Testament verfasste, in dem festgelegt wurde, dass er neben seiner Sau beerdigt werden wollte. So eine Grube würde er nicht noch einmal ausheben. Ganz abgesehen von dem Ärger, den der Pastor machen würde, der seine Schäfchen auf dem Kirchhof beerdigen wollte. Und die Vorstellung, Pelle würde in der Frontladerschaufel liegen, sorgte für den nächsten Schweißausbruch.

Die Arbeit war noch nicht zu Ende. Pelle winkte Mads zu, der sich im Hintergrund gehalten hatte. Genug getrauert, jetzt musste das Grab zugeschaufelt werden. Betty kam mit dem Kreuz und einer weiteren Schaufel und half beim Füllen der Grube. Dann steckte sie das Kreuz in den Erdhügel.

Pelles Tagebuch, 1. Dezember 2019

Wir haben für Wiebke eine Grube direkt neben dem Mirabellenbaum ausgehoben. Das dauerte ganz schön lange, denn der Boden war schwer vom vielen Regen. Mads hätte lieber den Abdecker angerufen, aber er hat stumm vor sich hin geschaufelt, weil er genau wusste, dass Widerspruch sinnlos war. Betty hat in der Zwischenzeit ein Holzkreuz gezimmert. Kurz vor Mittag lag Wiebke in ihrem Grab, bedeckt von einem Erdhügel, darauf das Kreuz.

Ellis kam abends vorbei und tröstete mich. Sie meinte, jetzt wäre der richtige Zeitpunkt, um Reisepläne zu schmieden, denn wir wollen es wagen, zusammen wegzufahren. Sie meint, wenn wir vierzehn Tage Urlaub mit-

einander durchhalten, dann könnten wir es eventuell mal zusammen versuchen.

Es ist ein schönes Gefühl, für jemanden wichtig zu sein.

Ich denke, Ellis ist eine Frau, die muss ich mir warmhalten, bevor die Kälte kommt. Und zwar vor dem nächsten Herbststurm. Ellis kann mich wärmen.

Geständnisse

Am nächsten Tag stand er an Wiebkes Grab. Betty fragte, ob sie etwas helfen könnte.

„Ich muss erst einmal einen Spaziergang machen", kündigte Pelle an und ging Richtung Kliffkante zu der ehemaligen Nr. 1.

An der Kante setzte er sich in das Gras, obwohl es feucht und klamm war. Er starrte lange auf die Förde, bis sich Betty neben ihn setzte.

„Es riecht noch immer nach Seegras. Das steigt einem richtig in die Nase und erinnert mich an früher."

„Mir fällt es gar nicht mehr auf", antwortete ihr Vater.

„Wie ruhig das Wasser ist. Ist auch schön, wenn keine Segel- oder Fischerboote um diese Jahreszeit unterwegs sind. Und dann die alte Eiche. Die ist immer noch da."

„Sie hält sich tatsächlich seit zwölf Jahren, obwohl sie aussieht, als wäre sie nicht mehr lange am Leben."

Plötzlich begann sie zu reden.

„Wenn wir gerade vom Sterben reden..." Sie holte tief Luft und fuhr fort:

„Weißt du, ich bin damals, als Mutter starb, vom tobenden Sturm nicht aufgewacht, denn ich war so erschöpft eingeschlafen. Der ständige Streit zwischen dir und Mutter hatte am Abend wieder an Fahrt aufgenommen. Ich habe mir die Ohren zugehalten, wenn sie schrie und du einzelne aufgebrachte Worte dazwischen geworfen hast. Als die Hintertür ins Schloss fiel, wusste ich, dass Mutter wieder in ihr Atelier zog."

In das vom Amt abgesperrte Haus Nr. 1 unten am Kliff hatte sie ihre Leinwände, Paletten und Farben gebracht, sich eine Matratze und Decken hingeschleppt und sich nach und nach ihr „Studio", wie sie es nannte, eingerichtet. Die Nachbarn sahen dem Treiben mit stummem Entsetzen zu. Nur Tanne mischte sich ein und warnte Caro immer wieder. „Ich hoffe, du weißt, was du tust, Caro. Es ist unverantwortlich!" Irgendwann hatte Caro die Warnerin von dem abgesperrten Grundstück verbannt und geschrien: „Geh doch zum Amt und zeige mich an!" Tanne ging nach Hause und sagte zukünftig nichts mehr.

„Ich bin von den Schreien und dem Hämmern gegen die Hintertür aufgewacht", fuhr Betty fort. „Ich habe gehört, wie du die Treppen hinunter gehastet bist, wie du die Tür geöffnet hast und dann grelle Stimmen und entfernte Rufe."

Pelle sagte nichts und hoffte, dass nichts Schlimmeres kam.

„Ich habe mich angezogen, mein Herz hat bis zur Schläfe gehämmert. Dann habe ich mir den Anorak übergezogen und bin den Schreien gefolgt, die fast nicht mehr zu hören waren. Es war ein Krachen und Toben. Für mich hat es nur eine Richtung gegeben: hinunter zum Kliff."

Pelles Kehle war wie zugeschnürt.

„Ich habe dort gestanden und in das Loch geblickt, das der Sturm gerissen hat, das Haus Nr. 1 war nicht mehr da, es war in die Tiefe gerauscht. Und Mutter war mit ihrem Atelier im Schlamm verschwunden."

Betty erzählte weiter: „Ich habe von oben hinab geblickt, auf die Suchscheinwerfer und die Menschen. Dann bin ich nach Hause gerannt und habe mir alle Decken, die ich finden konnte, zusammengesucht. Ich habe mich darin verkrochen wie ein Tier in seinen Bau und habe gehofft, dass am anderen Tag alles nicht wahr wäre."

Pelle legte den Arm um sie.

„Seit dieser Nacht habe ich Albträume von Schlammlawinen und Geröll, in dem ich versinke und keine Luft mehr bekomme. Dann beginnen meine Nerven, Karussell zu fahren."

Sie berichtete, dass sie den Absturz ihrer Mutter in den Nächten immer wieder wie ihren eigenen erlebt hatte. Steine und Bretter schlugen dann auf sie ein, Glas blieb in ihrem Körper stecken. Und dann das Geräusch. Ein dumpfes Rollen. Der Boden wurde unter ihren Füßen weggerissen. Der Schlamm riss sie den Abhang hinunter, das Wasser schoss rechts und links an ihr vorbei. Ihr Körper teilte die Fluten. Diesen Albtraum hatte sie immer wieder gehabt, zwölf Jahre lang.

Sie weinten beide.

„Das Merkwürdige ist", sagte Betty und trocknete sich die Tränen, „nach der Angst kommt die Wut. Eine unbändige Wut auf Caro, weil sie auf einem ständigen Egotrip war. Sie dachte nur an sich selbst und ihre angebliche Kunst und sie hat in den letzten Jahren ihres Lebens dich und mich wie lästige Pickel auf ihrer Haut behandelt."

„Wir waren einfach grundverschieden", sagte Pelle nach einer Pause. Er dachte zurück an die Anfangszeiten, in denen Caro und er lachen und zusammen arbeiten konnten. Die ersten drei Jahre mit Kind waren sie eine Familie gewesen, wie er sie sich immer gewünscht hatte. Die Veränderung kam mit den Jahren schleichend daher und veränderte ihre Beziehung. Dass Caro ihr Leben so leben wollte, wie sie es gut fand, ohne Rücksicht auf Mann und Kind. Sie fuhr zu ihren Künstlerkreisen nach Kiel und Hamburg und Pelle kümmerte sich zunehmend um die Kleine. Er setzte sie nicht selten auf den Nebensitz seines Treckers. Die Feldarbeit konnte nicht warten. Er schnallte die Fünfjährige mit einem Gurt an den Sitz, damit sie beim Schlafen nicht auf die Seite kippte oder mit dem Kopf gegen die Kabinenwand schlug.

„Ich wünschte, ich könnte die Geister endlich loswerden", sagte Betty bitter und Pelle verstand sie nur zu gut.

Pelles Tagebuch, 2. Dezember 2019

Betty und ich haben uns endlich einmal ausgesprochen. Ich habe so vieles nicht gewusst und schäme mich, dass ich nie näher gefragt habe.

Caro ist heute so präsent wie lange nicht mehr. Mit der Zeit ist die Erinnerung an sie verblasst. Inzwischen ist sie seit 12 Jahren tot. 21 Jahre waren wir verheiratet gewesen.

Ich sitze hier am Schreibtisch und denke über Caros damalige Gemütsschwankungen nach, die Betty und mich durcheinander geschüttelt haben.

In ihren hellen Phasen, wie ich sie nannte, war sie sehr lustig und half, so gut sie konnte.

An einem Tag ihrer Hochstimmung kam ich morgens in den Maschinenschuppen und sah, dass die Metallarme der Kreiselegge und auch der Körnerbunker orange angemalt waren.

„Man muss doch etwas Farbe in die Landschaft bringen", sagte Caro, fiel mir um den Hals und lachte. Ich fand, es hätte farblich schlimmer kommen können und machte ihr am Abend einen Heiratsantrag. Vier Wochen später waren wir ein Ehepaar und nach zwei Jahren wurde unsere Betty geboren.

Am Anfang habe ich mir keine großen Gedanken darüber gemacht, dass sie als Künstlerin verschiedene „Perioden" durchlebte.

In ihrer haptischen Phase (ich musste Tanne erst einmal fragen, was das bedeutet), war sie wochenlang damit beschäftigt, am Strand Muscheln, Glasscherben und Blasentang zu sammeln. Sie hat Wasser, Wasser, Wasser gemalt hat darauf ihre Strandfunde geklebt, geschichtet und modelliert. Einmal hat sie auch Teile eines Kartoffelsacks aus Jute in ihr Bild eingearbeitet. Bis sie die nächste Phase eingeläutet hat: Malen mit Schweinemist.

Sie hat viel Geld für Leinwände, Farben, Paletten und Rahmen ausgegeben. Oft wurde ihr Vater, der alte von Driebich, um Geld angepumpt. Als Mads in ihr Künstlerzimmer eingezogen ist und der Platz in ihrem Zimmer knapp wurde, kam sie auf die Idee, ihre Bilder im Kliff Nr. 1, das von den Behörden bereits gesperrt war, zu stapeln. Sie saß dort, wenn sie gearbeitet oder Abstand gebraucht hat.

Betty und ich sind uns heute sehr nahe gekommen. Das tat gut. Ich denke, wir werden Caro nicht vergessen, aber nicht mehr in der vordersten Schublade unseres Herzens bewahren.

Nun habe ich mein Notebook vollgekritzelt. Im Dezember hat der Bauer einfach viel Zeit.

Neue Pläne

Pelle staunte nicht schlecht, als er kurz vor Weihnachten in seinen ehemaligen Maststall kam. Seine drei jungen Mitbewohner hatten seit Tagen hier gearbeitet.

„Ich habe schon eine Vorstellung von diesem Raum, auch wenn bisher hier nur Schutt liegt. Das wird ein richtig schöner Aufenthaltsraum", sagte Frieda.

„Hier sollen eure Manager wohl Mittagsstunde machen? Dann vergesst die Liegen nicht", stichelte Pelle.

Nun wurde Mads ernst: „Pelle, warum bist du denn so ironisch? Wenn sich jemand für dieses Seminar anmeldet, zeigt das doch, dass er oder sie Interesse an Landwirtschaft hat, mit anpacken möchte und sich für unsere Arbeit nicht zu schade ist. Ich finde, es ist einen Versuch wert."

Betty pflichtete ihm bei: „Den Schreibtisch mit einer Mistforke oder Schiebkarre zu tauschen, ist doch ein guter Schritt. Und beim Strohfahren oder Steine sammeln können wir auch jede Hand gebrauchen. Ich werbe bereits mit ‚Tausche Anzug und Kostüm gegen Gummistiefel und Latzhose'."

Pelle schwieg. Mads legte ihm die Hand auf den Arm: „Die Interessierten melden sich ganz bewusst an, wollen einfach mal eine andere Perspektive kennenlernen. Das ist doch lobenswert. Kopfarbeit wird gegen Handarbeit getauscht. Dienstwagen gegen Hanomag. Und sieh das doch mal so, Pelle: Wir haben mit denen einige Gemeinsamkeiten. Irgendwie sind wir Bauern heutzutage doch auch Manager, leisten Arbeitsorganisation und machen Investitionspläne, oder?"

„Mehr oder weniger", brummte Pelle und verabschiedete sich mit zwei Fingern an der Mütze, denn dieses Thema wollte er nicht vertiefen.

Pelles Tagebuch, 22. Dezember 2019

Von Baustellen habe ich erst einmal genug.

Pelles Tagebuch, 24. Dezember 2019

Weihnachten. Ich kann irgendwie keine Mittagsstunde machen und habe mich an den Schreibtisch gesetzt. Dieser Tag war für mich als Kind etwas ganz Besonderes, heute fehlt mir diese gewisse Aufregung.

Eine Geschichte werde ich nie vergessen, die Geschichte mit dem Päckchen, das mein Vater alljährlich drei Wochen vor Weihnachten vom Landhandel bekam.

Mein Vater stellte das Päckchen dann auf den Schrank in der Speisekammer und packte es erst unter dem Weihnachtsbaum aus. Nur einmal hatte er einen Reinfall erlebt. Er hätte es merken können, denn das Päckchen wich von der Form her von denen der letzten Jahre ab. Statt

einer Würfelform hatte es eine längliche. Vater legte es
am 24. unter den Baum. Als er es auspackte, schrie er
angeekelt auf, denn in dem Karton befand sich ein geräu-
cherter Aal, der inzwischen in allen Grünschattierungen
schimmerte und den Raum mit seinem Gestank füllte.
Sogar unsere Katze ergriff die Flucht vor der Patina-
Schlange. Der Landhandel hatte es versäumt, auf den
Inhalt und dessen raschen Verzehr hinzuweisen. Meine
Mutter zog den Taschenkalender vorsichtig am Aal vor-
bei heraus, trug ihn in die Waschküche und schrubbte die
Schimmelspuren ab, während ich aufgefordert wurde,
das stinkende Vieh zu entsorgen. Meine Mutter ging in
die Schlafstube, packte den Taschenkalender, sprühte ein
paar Tropfen 4711 darauf, schlug ihn in neues Geschenk-
papier ein, verzierte ihn mit einer üppigen Schleife und
legte das neue Päckchen wieder unter den Tannenbaum.

„O, was ist das?" rief mein Vater und tat erstaunt.

„Das ist das jährliche Geschenk vom Landhandel, Mar-
ten", antwortete meine Mutter. „Ich will auspacken!" rief
ich und riss bereits das Papier auf. Als der Taschenkalen-
der zum Vorschein kam, riefen wir gleichzeitig: „O, ein
Taschenkalender! Vom Landhandel! Wie schön!"

Das ist Vergangenheit. Das neue Jahr rückt näher. Es
wird Zeit, das alte langsam abzuschließen.

Januar 2020

Neujahrsempfang

In der ersten Januarwoche lud Ellis zum Neujahrsempfang ein. Die Nachbarn kamen alle und standen zunächst mit ihrem Sektglas, das Ellis auf einem Tablett gereicht hatte, in der guten Stube der neugestalteten Kate. Sie blickten in die Runde und stellten fest, dass die Herde der Kliffer im Jahr des Schweins angewachsen war. Außerdem bewunderten sie das Ambiente der alten Kate. Ellis hatte eine Perle daraus gemacht.

Opa Thadsen hatte sich gleich beim Eintreten in das Wohnzimmer auf dem blauen Sofa breitgemacht, deutete auf sein Sektglas und fragte: „Gibt es hier auch was Anständiges zu trinken außer diesem Muckefuck?" Alle lachten und setzten sich. Die Nachbarn stießen miteinander auf das neue Jahr an. Betty wandte sich an Opa Thadsen und fragte ihn, was er sich für das kommende Jahr wünschen würde. Der Alte blinzelte listig, hob beide Arme, damit alle Gespräche verstummten und sprach, als säße er vor einem vollen Saal:

„Liebe Freunde und Nachbarn, was wünsche ich mir?
Statt der unnützen Geschenke gut bewegliche Gelenke.
Ohne Schmerzen Schulter, Nacken.
Rückenwirbel, die nicht knacken.
Und die Galle ohne Steine. Dunkle Tage? Danke, keine!"
Alle verharrten mucksmäuschenstill. Dann begann Knut zu klatschen und alle fielen ein.

„Darauf stoßen wir jetzt erst einmal an", rief Ellis und füllte Thades leeres Glas wieder mit Muckefuck auf.

Das alte Jahr wurde gründlich begossen, obwohl es den Erwartungen nicht in allen Punkten entsprochen hatte, wie Tanne resümierte.

„Ich kann es noch gar nicht fassen, dass du nicht mehr als Bauer mit uns anstößt", sagte Knut zu Pelle. „Für mich bedeutet das: kein Vorkeimen der Kartoffeln, kein Kartoffelsortieren auf dem Roder und keinen Stallgeruch mehr. Ich kann es mir noch gar nicht vorstellen, dass du nicht mehr Landwirt bist."

„Watt mutt dat mutt. Immerhin behalte ich meine zwei Sauen. Als Hobby und weil sie mir ans Herz gewachsen sind", sagte Pelle.

„Die fressen dir doch nur die letzten Haare vom Kopf", mischte sich Tanne ein und strich Pelle lachend über seine kahlen Stellen.

Betty hob das Glas. „Für uns Städter war es ein lehrreiches Jahr. Auch wenn am Ende das Wetter nicht so mitgespielt hat, wie wir gehofft hatten, aber wir haben doch reichlich Erfahrungen gesammelt. Und wir können unsere Pläne weiterverfolgen. Der Maststall wird umgebaut für das Projekt Co-working-Space und für einen Aufenthaltsraum. Und auch Frieda kommt mit ihrem Café voran, nachdem sie wegen erfolgreichen Kochevents in der „Förderperle" zeitweise beim Ausbau pausieren musste. Wir haben also Pläne über Pläne. Vielen Dank, dass ihr uns bisher alle so toll unterstützt habt. Wir haben euch Kliffer in unsere Herzen geschlossen."

Mads schenkte Sekt nach: „Das letzte Jahr war wirklich ein gutes und ereignisreiches. Das Jahr des Schweins hat uns allen nicht nur Stress, sondern auch Glück gebracht. Wir haben eine neue Bleibe und auch Ellis dazugewonnen und viele Ideen umgesetzt. Ich habe mich entschieden, im kommenden Jahr im größeren Stil Gemüse anzubauen. Nicht nur Kartoffeln, sondern Zwiebeln, Möhren, Kürbisse und so weiter. Deshalb brauchen wir euch, Pelle und Ellis, unbedingt weiterhin als Ratgeber und, wenn die Gesundheit mitspielt, als landwirtschaftliche Helfer. Dann wird auch 2020 großartig."

Pelle hob sein Glas: „Und nicht zu vergessen: meine beiden Damen im Stall mit dem lebhaften Nachwuchs. Auf sie trinken wir jetzt und auch auf die gute alte Wiebke! Auf das Jahr des Schweins!"

Ende

Glossar

Angeln
Landschaft im Landkreis Schleswig-Flensburg, zeichnet sich durch Hügelland aus und grenzt im Norden an die Flensburger Förde.

Green Care
Initiativen und Aktivitäten, die mit Hilfe von Natur, Tieren oder Pflanzen physische, psychische, pädagogische oder soziale Verbesserungen bei Menschen mit Betreuungsbedarf bewirken möchten.

hyggelig
kommt aus dem Dänischen und bedeutet nicht nur „gemütlich", sondern kann auch ein Lebensgefühl wie „geborgen", „behaglich" oder „Trost spendend" wiedergeben.

Jedem naa sin Mòòg
Jedem das Seine oder: jeder das ihre

Knick
Wallartige Baum- und Strauchhecken, die als Windschutz um die Felder gepflanzt sind.

Kommodig
Plattdeutsch: gemütlich

Pförtchen / Förtchen
Diese kleinen Kugelpfannkuchen sind in Norddeutschland eine süße Spezialität, werden aus einem Hefeteig

zubereitet und in einer besonderen Pfanne gebacken. Mit Puderzucker bestäubt werden sie meistens um Weihnachten herum, zu Silvester oder Neujahr aufgetischt.

Prokrastination
Wissenschaftliche Bezeichnung für „Aufschieberitis"

Rucksackbull
Rinderbesamer oder Besamungstechniker

Schapptüch
Feine Garderobe, das Gegenteil von Alltagsklamotten

Schlag
Bewirtschaftete Ackerfläche, auf der eine bestimmte Kultur angebaut wird, z.B. Kartoffeln, Weizen usw.

Schwingsiebroder
Kleiner Kartoffelroder, der die Erde mit einem schwingenden Sieb von den Kartoffeln trennt

Smart Farming
Beim Smart Farming geht es darum, Geräte, Maschinen und Systeme miteinander zu vernetzen und Datengrundlagen für Prognosen und Entscheidungshilfen für die Ackerarbeit zu schaffen.

Vorschäler
Kleine Pflugschare, die vor den großen Scharen die oberste Ackerschicht abschälen

ABL Bauernblatt Verlags GmbH
Bahnhofstraße 31
59065 Hamm
Telefon 02381/492288
Fax 02381/492221
email: verlag@bauernstimme.de
Internet: www.bauernstimme.de

Edition Bauernstimme
ISBN: 978-3-930 413-75-1
1. Auflage
Hamm, Mai 2023

Satzherstellung: Vera Thiel
Umschlaggestaltung: Wilfried Boucsein, WHB Studio für
Grafik- und Kommunikationsdesign, Gütersloh
Foto Rückseite: Christa Iversen
Druck: Druck Thiebes GmbH, Hagen